KB261316

테마명작관 2

가족

에디터
editor

옮 긴 이 (작품 수록순)

김난령 | 출판기획자로 활동하다가 영국 런던의 LCC(London College of Communication)에서 인터랙티브 미디어 석사학위를 받았다. 아동문학 및 영미문학과 교양서를 우리말로 옮기는 일을 하며, 옮긴 책으로 《디자인의 역사》, 《청년 위기》, 《우리가 바로 지구입니다》 등이 있다.

이항재 | 고려대학교 노어노문학과를 졸업하고, 같은 대학원에서 〈투르게네프의 후기 중단편 연구〉로 박사학위를 받았다. 현재 단국대학교 러시아어과 교수로 재직하고 있다. 지은 책으로 《소설의 정치학 : 투르게네프 소설 연구》, 《러시아 문학의 이해》(공저) 등이 있다. 옮긴 책으로 《러시아 문학사》, 《귀족의 보금자리》, 《첫사랑》, 《아르세니예프의 생애》, 《숄로호프 단편집》, 《아버지와 아들》 등이 있다.

국세라 | 한국외국어대학교 독일어과를 졸업하고, 같은 대학원 박사과정에 있다. 독일 하이델베르크대학에서 공부하였으며, 마인츠대학에서 통·번역 집중과정을 수료했다. 현재 도서와 영상물을 비롯한 다양한 분야에서 번역가로 활동하고 있다.

권일영 | 동국대학교 경제학과를 졸업하고, 중앙일보사에서 기자로 근무했으며, 지금은 번역자로 일하고 있다. 1987년 아쿠타가와 상 수상작 《남비 속》을 우리말로 옮기며 번역을 시작, 일본어와 영어로 된 다양한 소설을 번역하고 있다. 옮긴 책으로 《낙원》, 《용은 잠들다》, 《호숫가 살인사건》, 《편지》, 《바티스타 수술 팀의 영광》, 《셜록 홈즈 미공개 사건집》 등이 있다.

유소영 | 이화여자대학교 중어중문학과와 한국외국어대학교 통역대학원 한중과를 졸업했다. 현재 제주대학교 통역대학원에서 중국어를 가르치고 있다. 옮긴 책으로 《낙타 샹즈》, 《마교 사전》, 《안녕, 나의 어린 시절》, 《중국문화기행》, 《부활하는 군단》, 《욕망과 지혜의 문화사전 몸》, 《독성기》 등이 있다.

이재필 | 고려대학교 노어노문학과를 졸업하고, 같은 대학원과 모스크바국립대학교 대학원에서 러시아문학 박사학위를 수료하였다. 서라벌대학에서 관광노어통역과 전임강사로 재직하였으며, 현재 러시아 문화 및 비즈니스 관련 통번역 활동을 하고 있다. 옮긴 책으로 《노름꾼》이 있다.

정숙현 | 성균관대학교 불어불문학과를 졸업하고, 프랑스 파리7대학에서 〈프랑스 혁명사 연구〉로 석사학위를 받았다. 현재 전문번역가로 활동하고 있다. 옮긴 책으로 《달력-영원한 시간의 파수꾼》, 《위대한 기사 윌리엄 마셜》, 《르네상스-라루스 서양미술사 2》, 《고전주의와 바로크-라루스 서양미술사 3》, 《미켈란젤로-인간의 열정으로 신을 빚다》 등이 있다.

Contents

| 일러두기 |
• 외국어 고유 명사의 한글 표기는 개정된 외래어 표기법에 따랐으나 일부 예외를 두었습니다.
• 옮긴이의 주석은 본문 아래 각주로 처리하였습니다.

인생유전
The Whirligig of Life

O Henry

오 헨리 지음 | 김난령 옮김

오 헨리 O Henry | 미국의 단편소설 작가(1862~1910). 본명은 윌리엄 시드니 포터 (William Sydney Porter). 10년 남짓한 작가 활동 기간 동안 서민 생활을 소재로 유머와 애수가 넘치는 300편 가까운 작품을 썼다. 작품에 〈마지막 잎새〉, 〈크리스마스 선물〉, 〈이십 년 후〉 등이 있다.

*영어 원문 대화문에 나오는 미국 남부 사투리의 순박한 어감을 살리기 위해, 본 번역본에서는 이를 충청도 사투리로 옮겼다.

치안판사 브나야 위더프는 낡은 파이프에 담배를 피우며 사무실 문간에 앉아 있었다. 오후의 아지랑이 속에서 컴벌랜드 산맥[1]의 정상 부분이 청회색으로 우뚝 솟아 있었다. 얼룩 점박이 암탉이 우스꽝스레 꼬꼬댁 꼭꼭거리며 '개척지'의 대로를 활보했다.

길 위쪽에서 달구지 바퀴가 삐걱거리는 소리가 들려오더니, 얼마 후 뿌옇게 피어오른 먼지 속에서 랜시 빌브로와 그의 아내를 태운 소달구지가 보였다. 소달구지는 치안판사의 사무소 문 앞에서 멈췄고, 곧이어 두 사람이 소달구지에서 내렸다. 랜시는 180센티미터가 넘는 키의 여윈 몸에, 피부는 혈색 나쁜 흙빛에다 머리카락은 누런 사내였다. 그는 마치 산과 같은 태연자약함을 갑옷처럼 무장하고 있었다. 여자는 옥양목 옷을 입고 있었고, 허리는 구부정하고 피부는 그을음을 바른 것처럼 거무죽죽했으며, 어떤 알 수 없는 욕망과 싸우느라 지쳐 있었다. 이 모든 것들을 통해 여자는 자신도 모르는 사이에 사라진 청춘에 대해, 기만당한 세월에 대해 무기력하게나마 항의하는 것처럼 보였다.

치안판사는 위엄 있게 보이려고 벗어 놓았던 신발을 신고서

---

1) 미국 웨스트버지니아 주에서 앨라배마 주 북부에 걸쳐 있으며, 그 남서부에 서부 개척사상 유명한 컴벌랜드갭(산맥을 가로지르는 골짜기)이 있으며 국립 역사공원으로 지정되었다.

그들을 맞이했다.

"지들은……이혼하러 왔슈."

여자가 말했다. 여자의 목소리는 소나무 가지 사이로 불어 대는 바람소리처럼 스산했다. 여자는 거기 온 용건에 대한 자신의 설명에서 다소 불비하거나 애매한 점이 있거나 혹은 어물적 얼버무리거나 편파적이거나 아전인수 격 견해가 있다고 남편이 생각하는지 어떤지를 살피느라 그를 슬쩍 쳐다보았다.

"그류, 이혼이유."

랜시가 진지하게 고개를 끄덕이며 그 말을 되풀이했다.

"시방 지들 둘은 도저흐 함께 살 수 읍쑤. 남녀가 서로한티 맴이 있을 쩌그도 산으서 살믄 적적허기 일반이쥬. 근디 여편네가 집안으서 들꽹이처럼 쐬붙이고 올빼미처럼 불퉁거리믄 남자가 그 여편네랑 살 이유가 티껌불도 읍는 거쥬."

"그야, 그 서방이란 작자가 따신 구석은 요만치도 읍씀서 껄렁패, 밀조업자, 밀주 나르는 늠, 글고 음석만 축내는 똥개 떼나 몰고 다니는 말썽꾼들하고만 어불러 싸돌아댕기니께 그렇쥬!"

여자가 말했다.

"아, 그야……."

이제 랜시가 반박할 차례였다.

"여편네가 맨날 냄비 뚜껑이나 집어던지고, 컴벌랜드에서 젤루 치는 너구리 사냥개헌티 끓는 물이나 끼얹고, 지 서방 밥상 차려 주는 것도 귀찮아허고, 바가지나 긁어 대믄서 밤에 잠도 못 자게 헝께 그라는 겨!"

8

"아, 그야, 서방이란 작자가 돈이라믄 아등바등허고, 산골짜기 일대에서 치사한 늠이라고 악명이 자자헌디 편히 잠잘 수 있는 위인이 어디 있댜?"

치안판사는 의젓하게 자기 업무에 착수했다. 먼저 청원자들을 위해 자신의 의자와 나무 걸상을 내놓았다. 그리고 탁자 위에 법령집을 펼치고 색인을 자세히 살폈다. 그러고는 이내 안경을 닦고 잉크병을 옆으로 밀었다.

"본 법정의 재판권에 관한 한, 이혼 사건에 관해서는 법률도 법령에도 아무런 기록이 없구먼. 허나 형평법과 헌법과 황금률에 의거해서 봤을 때, 한 가지 사안을 놓고 두 가지 방식으로 처리하지 못하는 건 나쁜 처사제. 다시 말해서 치안판사가 한 쌍의 남녀를 결혼시킬 수 있다면 당연히 이혼시킬 수도 있다는 말이제. 따라서 본 법정은 이혼 판결문을 발행하고, 대법원에서 유효하다고 인정하는 이혼 판결문을 발행토록 헐 것이네."

랜시 빌브로는 바지 주머니에서 조그마한 담배쌈지를 꺼냈다. 그러고는 쌈지를 탈탈 털어서 5달러 지폐 한 장을 탁자에 떨어뜨렸다.

"곰 가죽하고 여우 두 마리 털가죽 내다 팔어서 번 돈이구먼유. 시방 지들헌티는 이게 전부유."

랜시가 말했다.

"본 법정의 이혼 수수료는……5달러네."

치안판사가 말했다. 그러고는 늘 그래 왔다는 듯 그 지폐를 자신의 홈스펀 조끼 주머니 속에 찔러 넣었다. 치안판사는 무슨 어마어마한 일을 하는 것처럼 오만상을 찡그리고 사지를 뒤틀며 타블로이드판 용지의 반절지에 판결문을 적고 나서, 다시 다른 반절에다가 그 판결문을 베껴 적었다. 랜시 빌브로와 그의 아내는 치안판사가 자신들에게 자유를 주게 될 그 이혼 판결문을 낭독하는 것을 귀 기울여 들었다.

"에, 랜시 빌브로와 그의 배우자 아리엘라 빌브로는 금일 본관 앞에 출두하여, 금일 이후로 좋을 때나 나쁠 때나 사랑하지도 존경하지도 복종하지도 않을 것을 서약하였다. 이에 주 정부의 안녕과 존엄을 위하여 본 이혼 청원을 받아들여 이 두 사람의 이혼을 공표하는 바이다. 테네시 주 피드몬트 군의 치안판사 브나야 위더프."

치안판사가 이혼 판결문 한 부를 랜시에게 건네주려고 할 때, 갑자기 아리엘라의 목소리가 저지하고 나섰다. 두 남자가 동시에 어리둥절한 표정으로 아리엘라를 쳐다보았다. 두 남자의 아둔한 남성성이 한 여자의 갑작스럽고도 어디로 튈지 모르는 예측불가의 여성성에 직면한 순간이었다.

"판사님, 아직 저 양반헌티 그 증서 주지 마슈. 아직 다 해결된 게 아녀유. 먼저 지 권리부텀 주장혀야 쓰겄슈. 제 위자료를 받어야쥬. 냄편이 지 마누라헌티 땡전 한 푼도 안 주고 이혼하는 법은 시상 천지에 읍구먼유. 지는 호그백 산에 사는 에드 오빠 집으로 갈 생각이유. 그랄라믄 신고 갈 신발 한 켤레허고 또 이거저거 사야 헐 게 있구먼유. 만일 랜시가 지랑 이혼할 여력이 된다믄 지한테 위자료 주라고 하셔유."

랜시 빌브로는 기가 막혀서 입을 떡 벌린 채 아무 말도 못했다. 지금껏 위자료의 이응 자도 꺼낸 적이 없었기 때문이었다. 여자들한테는 이렇게 전혀 예상치 못한 문제를 꺼내서 사람 놀라게 하는 재주가 있다.

치안판사 브나야 위더프는 그 순간 공정한 판단을 내려야 할 필요성을 느꼈다. 판례집에는 위자료에 관해서도 역시 아무런 판례가 없었다. 하지만 그 여자의 발은 헐벗은 채였고, 호그백 능선은 가파르고 험했다.

"아리엘라 빌브로,"

위더프는 사무적인 어투로 물었다.

"의뢰인은 이 사건에 있어서 어느 정도의 위자료가 족하다고 보는가?"

"지 생각으론 신발이랑 전부 합쳐서 한 5달러믄 될 것 같어유. 물론 위자료로 많다고 헐 순 없어도 그 돈이믄 지 오빠네로 가지 싶어유."

아리엘라가 말했다.

"그 정도는 터무니없는 금액이 아니구먼. 랜시 빌브로, 본 법정은 이혼을 선포하기에 앞서 그대에게 총액 5달러를 신청인에게 지불하도록 명하네."

치안판사가 말했다.

"지한테는 인저 돈이 읍쑤. 있는 돈 없는 돈 죄다 긁어서 판사님께 드렸잖유."

랜시가 침울하게 느릿느릿 말했다.

"허나 위자료를 지불하지 않으면,"

치안판사는 안경 너머로 준엄하게 노려보며 말을 이었다.

"법정을 모독한 것으로 간주하겠네."

"그람, 니열꺼정 말미를 주면 안 되겠슈? 그람 어디 가서 돈을 마련해 볼 수 있겠는디. 위자료는 생각도 못해 봤슈."

남편이 애원했다.

그러자 브나야 위더프가 말했다.

"본 사건은 내일 두 사람이 직접 출두하여 본 법정의 명령에 따를 때까지 휴정하겠네. 이와 더불어 이혼 판결도 그 결과를 본 연후에 교부토록 할 것이네."

치안판사는 문간에 앉아서 구두끈을 풀기 시작했다.

"그람, 임자랑 나는 지아 삼촌 댁으루 가서 거기서 하루 신세를 지야겠구먼."

랜시가 말했다.

그는 달구지 한쪽으로 올라타고, 아리엘라는 그 옆으로 올라탔다. 그가 올가미를 철썩 치자 작달만한 붉은 황소가 천천히 빙 돌아서 방향을 바꾸었다. 그리고 달구지가 자욱한 먼지를 일으키며 서서히 사라졌다.

치안판사 위더프는 낡은 파이프에 담배를 피워 물었다. 그는 오후 늦게 주간신문을 받아 들고 읽다가 이윽고 저녁 어스름에 글자가 흐릿하게 보이자, 책상 위에 있는 수지 양초에 불을 밝히고는 저녁 식사 시간을 알리는 달이 둥실 떠오를 때까지 신문을 읽었다. 위더프는 포플러나무 숲 근처 산비탈에 지은 통나무

집에서 살았다. 그는 저녁을 먹으러 집으로 가느라 월계수 덤불의 그늘이 드리워진 좁은 곁길을 가로질렀다. 그때 월계수 덤불에서 시커먼 사람 그림자가 걸어 나오더니 그의 가슴에 소총을 겨누었다. 그자는 모자를 푹 눌러쓰고 천 같은 것으로 얼굴 대부분을 가리고 있었다.

"돈 내놔, 암말 말고. 시방 손가락이 덜덜 떨려서 여차하면 진짜루 방아쇠를 당겨 버릴지 모릉께."

그자가 말했다.

"지금 딱 오, 오 달러밖에 없는데……."

치안판사는 이렇게 말하며 5달러 지폐를 조끼 호주머니에서 꺼냈다.

"그걸 돌돌 말어서 이 총구멍에다 꽂어! 어여!"

5달러는 빳빳한 새 지폐였다. 하여 손가락이 볼썽사납게 덜덜 떨렸지만, 그 돈을 돌돌 말아서 총구멍에다 꽂아 넣는 일이 그리 어렵지는 않았다.

"인저 넌 갈 길 가!"

강도가 말했다.

판사는 어물대지 않고 걸음을 재촉했다.

다음 날, 작달막한 붉은 황소가 달구지를 끌고 사무소 앞에 도착했다. 브나야 위더프는 방문객을 기다리고 있었으므로 신발을 신고 있었다. 그가 보는 앞에서 랜시 빌브로는 아내에게 5달러 지폐를 건네주었다. 그 돈을 보는 치안판사의 눈이 날카롭게 빛났다. 그 지폐는 마치 총구멍에 꽂아 넣은 적이 있었던 듯이 돌돌 말려 있었던 것이다. 그러나 치안판사는 꾹 참고 입을 다물었다. 그렇게 말려 있는 지폐가 그 지폐 하나뿐이라는 법은 없지 않는가. 치안판사는 두 사람에게 각각 이혼 판결문 한 부씩 내주었다. 두 사람은 어색한 침묵 속에서 자유를 보증하는 그 증서를 천천히 접었다. 여자가 몹시 어색해하며 수줍은 눈길을 랜시에게 던졌다.

"당신은 저 소달구지를 끌고 산골 오두막으로 돌아가겠쥬? 빵은 시렁에 얹어 논 양철통에 있고, 베이컨은 똥개들 입 대지 말라고 항아리 속에 넣어 뒀슈. 글고 밤에 시계 밥 주는 거 잊지 마슈."

아리엘라가 남편에게 말했다.

"임자는 에드 오빠 댁으로 갈 건감?"

랜시가 짐짓 무관심한 척하며 물었다.

"껌껌해지기 전에 올라가야쥬. 친정 식구들이 날 환대허지는 않겠지만, 거그 말고는 달리 갈 데가 읍슝께. 긍께, 이게 잘 허는 짓이쥬. 인저 지는 그만 가 보겠슈. 랜시, 작별 인사나 혀유, 그럴 맴이 있다믄유."

아리엘라가 말하자, 랜시는 순교자나 되는 듯 처연한 목소리로 말했다.

"나야 좋제. 뉘 집 개라도 작별 인사 마다는 꼴은 못 봤응께. 임자야 말로 어여 떠나고 싶어서 나헌티 작별 인사하고 싶지 않다면 모르제."

아리엘라는 아무 말도 하지 않았다. 그녀는 5달러 지폐와 이혼 증서를 곱게 접어서 품속에 집어넣었다. 브나야 위더프는 그 돈이 사라지는 것을 안경 너머로 서글프게 쳐다보았다.

그리고 그는 다음과 같은 말을 함으로써 ―제 스스로 생각하기에― 동정을 표하는 다수자와 대자본을 가진 소수자 중 어느 한쪽에 속하게 되었다.

"랜시, 자네 오늘 밤 낡은 오두막에서 좀 쓸쓸하겠네."

치안판사가 말했다.

랜시 빌브로는 아리엘라는 쳐다보지 않고, 햇빛 속에서 뚜렷한 청색을 띠는 컴벌랜드 산맥을 쳐다보면서 말했다.

"쓸쓸허것쥬 . 허나 성내며 이혼하고 싶다는 위인을 잡아 둘 수는 없는 법이니께……."

"이혼하고 싶어 한 위인은 따로 있구먼유."

아리엘라가 나무 의자를 쳐다보며 말했다.

"게다가 그 위인은 간다는 사람 있으라 붙잡고 싶어 허지도 않는구먼유."

"원치 않는다고 말한 위인은 읍써."

"원한다고 말헌 위인도 읍잖유. 인저 지는 에드 오빠댁으로 출발혀야겠슈."

아리엘라가 말했다.

"고물 시계 밥 줄 줄 아는 위인도 읍써."

"이 봐유 랜시, 시방 나더러 당신이랑 달구지 타고 가서 당신 대신 시계에 밥 주라, 이 말이유?"

산골 사나이의 표정에는 아무런 감정도 드러나 있지 않았다.

하지만 그는 큰 손을 뻗어서 아리엘라의 야윈 다갈색 손을 덥석 잡았다. 아리엘라의 영혼이 얼굴에서 얼핏 드러나면서 아주 잠깐 동안 그녀의 무감동한 얼굴이 신성하게 보였다.

랜시가 말했다.

"개들이 더는 임자를 괴롭히지 못허게 헐껴. 시방 생각혀 보니 나도 참 임자를 천시허고 야박시럽게 굴었네. 아리엘라, 시계 밥은 임자가 줘."

그러자 아리엘라가 속삭이듯 말했다.

"랜시, 지 맘은 시방 그 짝이랑 우리 오두막을 향해 달리고 있슈. 해질 무렵이믄 우리 오두막에 당도할 수 있을 꺼유."

랜시와 아리엘라가 치안판사의 존재를 망각한 채 출입문을 향해 걸어가려 하자, 치안판사 브나야 위더프가 그들을 막았다.

치안판사가 말했다.

"테네시 주의 이름으로, 그대들이 주의 법률 및 법령을 무시하는 것을 금하네. 본 법정은 불화와 오해의 그림자가 서로 사랑하는 두 사람으로부터 멀어지는 것을 보게 되어 더 없이 기껍고도 기쁨으로 충만하네. 허나 우리 주의 도덕과 정직함을 지키는 것은 본 법정의 의무여. 따라서 본 법정은 그대들은 더 이상 남편과 아내가 아니고, 법의 정식 판결에 따라 이혼한 사이이네. 그리고 그런 자격으로는 결혼한 신분이 갖는 혜택과 이익을 가질 권리가 없네."

아리엘라는 랜시의 팔을 붙잡았다. 저 말은 인생의 교훈을 터득하게 된 바로 이 순간, 남편을 잃어버려야 한다는 뜻이란 말인가?

치안판사가 말을 이었다.

"허나 본 법정은 이혼 판결로 성립된 결혼 무효 상태를 무효로 할 채비가 되어 있네. 본 법정은 한편으로는 엄숙한 결혼식을 거행하는 바, 따라서 상황을 조정하고, 당사자들에게 그들이 희망하는 명예롭고도 숭고한 상태로 다시 회복하는 권한을 부여하는 곳이네. 전술한 의식을 수행하는 데 드는 비용은, 다시 말해서 이 경우는 5달러를 내야 할 것이네."

아리엘라는 치안판사의 말에서 희망의 빛을 보았다. 그녀는 얼른 제 가슴으로 손을 쑥 집어넣었다. 곧이어 5달러 지폐가 땅에 내려앉는 비둘기처럼 치안판사의 탁자 위에 팔랑팔랑 떨어졌다. 아리엘라가 일어나서 랜시의 손을 잡고서 치안판사가 재결합을 선언하는 말을 들을 때, 그녀의 핏기 없이 거뭇거뭇하던 뺨이 살짝 발그레해졌다.

랜시는 아내를 부축해서 달구지에 태운 다음, 저도 그 옆자리에 올라탔다. 작달막한 황소가 다시 한 번 방향을 틀었고, 그들은 손을 꼭 쥔 채로 산골 마을을 향해 출발했다.

치안판사 브나야 위더프는 자신의 사무실에 앉아서 신발을 벗었다. 그는 또 다시 제 조끼 호주머니 속에 찔러 넣은 지폐를 손가락으로 만졌으며, 또 다시 파이프 담배를 피웠다. 얼룩 점박이 암탉이 또 다시 우스꽝스레 꼬꼬댁 꼭꼭거리며 '개척지'의 대로를 활보했다.

버낫점

РОДИНКА

Mikhail Aleksandrovich Sholokhov

숄로호프 지음 | 이항재 옮김

숄로호프 Mikhail Aleksandrovich Sholokhov | 소련의 소설가(1905~1984). 주로 돈(Don) 강 주변 카자크의 생활을 묘사하였다. 1965년에 노벨 문학상을 받았다. 작품에 〈고요한 돈 강〉, 〈개간된 처녀지〉, 〈인간의 운명〉 등이 있다.

†

　책상 위에는 타 버린 화약 냄새가 나는 탄약통, 양(羊) 뼈, 야전 지도, 정황 보고서, 썩은 땀 냄새가 나는 말의 굴레, 커다란 빵조각이 놓여 있다. 이 모든 것들이 책상 위에 널려 있고, 기병 중대장 니콜카 코셰보이는 창문턱에 등을 바짝 기댄 채, 벽에 습기가 차서 곰팡내가 나는, 나무를 쪼개 만든 벤치에 앉아 있다. 그는 꽁꽁 얼어서 움직이지 않는 손가락으로 연필을 잡고 있다.

　책상 위에 펼쳐진 오래된 벽보들 옆에 반쯤 채워진 신상 조사서가 놓여 있다. 거칠거칠한 종이에는 간단하게 적혀 있다.

　코셰보이 니콜라이. 기병 중대장. 농부. 러시아청년공산당원.

'연령'란에 그는 연필로 천천히 적어 넣는다.

18세

　니콜카는 어깨가 딱 벌어진 것이 열여덟 살로 보이지 않는다. 방사상 모양의 잔주름이 진 눈언저리와 노인처럼 구부정한 등 때문에 그는 나이 들어 보인다.

"정말로 어린애고 애송이고 풋내기야."

기병 중대에서는 이렇게 농담조로 말들을 한다.

"그러나 거의 피해를 입지 않고 두 개의 반혁명 도당을 쳐부수며, 반년 동안 여러 전투와 접전에서 어떤 고참 중대장 못지않게 중대를 잘 지휘할 수 있는 사람이 저 사람 말고 또 어디 있어!"

니콜카는 열여덟 살이라는 자기 나이를 부끄러워했다. 항상 이 가증스러운 '연령' 란 앞에서는 연필이 천천히 움직이고, 유감스럽게도 니콜카의 광대뼈 부위가 빨개진다. 니콜카의 아버지는 카자크[1]이고, 그도 아버지의 핏줄을 이어받은 카자크이다. 대여섯 살쯤 되었을 때 아버지가 자기를 군마(軍馬)에 태워 준 것을 그는 꿈결처럼 어렴풋이 기억하고 있다.

"얘야, 갈기를 꼭 잡아라!"

아버지가 소리쳤다. 엄마는 부엌문 앞에 서서 하얗게 질린 얼굴로 니콜카에게 미소를 지었고, 휘둥그레진 눈으로 말의 뾰족한 등뼈에 딱 달라붙은 니콜카의 작은 발과 고삐를 잡은 아버지를 쳐다보았다.

이것은 오래전의 일이었다. 니콜카의 아버지는 독일과의 전쟁에서 마치 물속에 빠진 것처럼 흔적도 없이 사라졌다. 아버지는 깜깜무소식이다. 엄마는 죽었다. 니콜카는 아버지에게서 말에 대한 사랑, 무한한 용기, 그리고 비둘기 알만 한 크기의 배냇

---

1) 15~17세기에 과중한 세금과 압제를 피해 변경(자포로지예, 돈, 쿠반, 시베리아 등)으로 도망친 농노와 그 자손. 특히 돈 강 유역의 카자크들은 농사를 지으면서 주로 기병으로 군무에 종사했다.

점을 물려받았다. 아버지의 것과 똑같은 그의 배냇점은 왼발 복사뼈 위에 나 있었다. 열다섯 살 때까지 니콜카는 막일을 하면서 비참하게 떠돌아다녔다. 그 후 긴 군용 외투를 얻어 입었고, 카자크 마을을 지나가던 적위군 연대와 함께 브란겔리[2]를 쳐부수러 갔다. 올 여름에 니콜카는 돈 강에서 군사위원과 물놀이를 했다. 군사위원이 타박상을 입은 머리를 갸우뚱하면서, 햇볕에 까맣게 그을린 니콜카의 구부정한 등을 툭 치고 더듬거리며 말했다.

"자넨 그…… 그…… 자넨 해-행…… 행복한 사람이야! 그래, 정말 행복한 사람이야. 배냇점은 행복의 징조라지 않나."

니콜카는 화가 나서 이를 드러내 보이고는 잠수했다가 푸푸거리며 물을 내뿜으면서 소리쳤다.

"거짓말이야, 이 엉터리! 난 어려서부터 고아가 되어 평생 막일을 하며 죽을 등 살 등 살아왔는데, 이게 행복의 징조라고……!"

이렇게 말하고 니콜카는 돈 강을 감싸는 노란 모래톱을 향해 헤엄쳐 갔다.

2

니콜카가 묵고 있는 농가는 돈 강 위쪽의 벼랑 위에 있다. 창

---

2) P. N. 브란겔리(1878~1928). 볼셰비키 혁명 이후 내전 당시, 러시아 남부에서 반(反)혁명군을 조직하여 적위군에 대항하여 싸운 남작(男爵) 출신의 육군 중장.

문을 통해 푸르게 펼쳐진 돈 강 주변의 땅과 시커먼 강철 같은 물이 보인다. 폭풍이 부는 밤이면 파도가 벼랑 밑에 부딪히고, 덧문은 숨이 막힐 듯이 헐떡거리면서 괴로워한다. 이럴 때 니콜카는 물이 마루청 틈으로 슬며시 스며들고 점점 부풀어 올라서 농가를 뒤흔들지도 모른다고 생각한다.

니콜카는 다른 집으로 옮기려고 했지만, 어떻게 하다 보니 옮기지 못하고 가을까지 그냥 남아 있었다. 몹시 추운 아침에 니콜카는 편자를 박은 장화를 신고 깨지기 쉬운 정적을 깨트리면서 현관 계단으로 걸어 나갔다. 그는 작은 벚나무 밭으로 내려가서 이슬에 젖은 회색 풀 위에 드러누웠다. 안주인이 얌전히 서 있으라고 암소를 달래는 소리, 송아지가 젖을 달라고 조르듯이 낮은 소리로 음매음매 우는 소리, 젖에서 뿜어져 나오는 우유가 양동이 벽에 부딪히는 소리가 들린다.

뜰 안의 작은 문이 삐걱 소리를 냈고, 개가 짖기 시작했다.

"중대장님, 집에 계십니까?"

니콜카는 팔꿈치에 기대어 몸을 반쯤 일으켰다.

"나 여기 있다! 그런데 무슨 일인가?"

"관구 마을에서 급사(急使)가 왔습니다. 반혁명 도당이 살스크 관구에서 침입해 들어와 그루신 국영 농장을 점령했다고 합니다……."

"급사를 이리 데려와!"

급사는 뜨거운 땀으로 흠뻑 젖은 말을 마구간 쪽으로 끌고 왔다. 말은 마당 한가운데서 앞다리를 꿇고 옆으로 픽 쓰러졌다.

그러더니 사슬에 매인 채 무섭게 짖어 대다가 숨이 차서 헐떡거리는 개를 생기 잃은 흐릿한 눈으로 바라보며 간헐적으로 짧게 숨을 헐떡이다가 그만 죽어 버렸다. 급사가 가져온 소포에는 열십자가 세 개가 그려져 있었다. 급사는 이 소포를 가지고 약 40킬로미터를 쉬지 않고 말을 달려왔고, 그래서 말이 죽고 만 것이다.

니콜카는 기병 중대의 지원을 요청하는 국영 농장 의장의 메모를 읽고 나서 살림방으로 갔다. 그는 긴 칼을 허리에 차면서 피로를 느끼며 생각했다.

'어딘가로 가서 공부를 하고 싶은데, 또 반혁명 도당이 나타났어……. 군사위원이 중대장이면서 단어도 제대로 못 쓴다고 창피를 주질 않나……. 그런데 교구(敎區) 초등학교를 마치지 못한 것이 내 잘못이란 말인가? 그자는 이상한 사람이야……. 그런데 또 반혁명 도당이…… 또 유혈. 난 이제 이런 생활에 지쳤어…… 모든 것이 싫어졌어…….'

니콜카는 걸으면서 카빈총에 장전을 하고 현관 계단으로 나왔다. 생각은 잘 다져진 큰길을 달리는 말처럼 빠르게 달리고 있었다.

'도시로 나가고 싶어…… 공부하고 싶어…….'

니콜카는 죽은 말 곁을 지나 마구간으로 걸어가다가 먼지투성이의 콧구멍에서 흘러나온 시커먼 띠 같은 피를 힐끗 바라보고는 얼굴을 돌렸다.

3

울퉁불퉁한 비포장 여름 길을 따라, 바람에 스친 바큇자국을 따라 회색 질경이가 둥글게 말려 있고, 명아주와 잡초들이 무성하고 빽빽하게 자라고 있다. 이전에는 이 비포장 여름 길을 따라 초원에 호박(琥珀)을 흩뿌려 놓은 것처럼 점점이 박혀 있는 곡식 창고로 건초가 운반되었다. 그런데 지금은 사람 발자국과 말발굽으로 잘 다져진 도로가 전봇대 옆에 작은 언덕처럼 누워 있다. 전봇대가 하얀 가을 안개 속으로 달려가고, 넓고 긴 골짜기를 타고 넘어간다. 아타만[3]이 반짝반짝 빛나는 길을 따라 전봇대 옆으로 반혁명 도당을 이끌고 있다. 소비에트 정권에 불만을 품은 50여 명의 돈 카자크와 쿠반 카자크들로 구성된 도당이었다. 그들은 양 떼를 뒤쫓아 너무 뛰어다니다가 지친 늑대처럼 길과 길이 없는 미개간지를 따라 사흘 밤낮을 도망치고 있다. 니콜카 코셰보이의 부대가 그 뒤를 바짝 뒤쫓고 있다.

반혁명 도당 대원들은 병사 출신으로 악명이 높고 경험이 많은 자들이다. 그러나 아타만은 깊은 생각에 잠기곤 한다. 아타만은 등자 위에 엉거주춤 일어나서 초원을 빤히 쳐다보며 돈 강 저쪽에 뻗어 있는 푸른 숲 가장자리까지 몇 킬로미터나 될지 가늠해 본다.

그들은 이렇게 늑대처럼 도망치고, 니콜카 코셰보이의 기병 중대가 그들 뒤를 쫓고 있다.

---

3) 카자크의 수령.

돈 강 초원의 맑은 여름 낮, 짙고 투명한 하늘 아래 곡식 이삭이 은방울 소리를 내며 흔들거린다. 수확하기 전의 알이 굵은 가르노프카 밀 꺼끄러기는 이삭 위에서 열일곱 살 청년의 수염처럼 거뭇거뭇해지고, 호밀은 위로 솟아서 사람의 키를 넘기려고 기를 쓰고 있다.

모래와 진흙이 섞인 땅에 사는 텁석부리의 마을 사람들은 집에서 멀지 않은 작은 숲 근처의 모래땅 구릉지를 따라 작은 쐐기 모양의 땅속에 호밀을 심는다. 원래 호밀은 잘 자라지 않아서 옛날부터 1헥타르에서 50킬로그램 이상은 나오지 않는다. 그래도 마을 사람들은 호밀을 심는데, 그건 호밀로 처녀의 눈물보다 더 맑은 밀주(密酒)를 증류해서 만들기 때문이다. 또 예로부터 그렇게 해 왔고, 할아버지들과 증조할아버지들이 밀주를 마셨기 때문이다. 돈 군관구의 카자크들 문장(紋章)에 술통 위에 알몸으로 앉아 있는 술 취한 카자크가 그려져 있는 것은 다 이유가 있다. 가을이 되면 카자크들은 술에 흠뻑 취해서 마을과 부락을 어슬렁거리고, 버드나무 가지를 엮어 만든 울타리 위로 꼭대기가 붉은 모피 모자가 술에 취해 흔들거린다.

그래서 아타만도 하루라도 술에 취하지 않은 적이 없다. 똑같은 이유로 마부들과 기관총수들도 모두 스프링이 달린 이륜마차 위에 술 취한 채 비스듬히 앉아 있다.

아타만은 칠 년 동안 고향집을 보지 못했다. 독일군의 포로, 그 뒤 브란겔리의 백위군, 태양 빛에 녹아 버린 콘스탄티노플, 철조망으로 둘러싸인 수용소, 타르 칠을 하고 소금기가 밴 날개가 달린 터키의 작은 범선, 군모의 깃털 장식을 생각나게 하는 쿠반[4]의 갈대, 그리고 반혁명 도당.

어깨 너머로 뒤돌아보면 이것이 바로 아타만의 인생이었다. 무지하게 더운 여름에 초원의 늪가에 난 두 쪽으로 갈라진 말발굽 자국이 빠짝 말라 버린 것처럼 그의 영혼도 바짝 말라 버렸다. 이상하고 알 수 없는 통증이 그의 마음을 괴롭히고, 온몸은 혐오감으로 가득 찬다. 아타만은 그 어떤 밀주로도 이 통증을 잊거나 열을 식힐 수 없다는 걸 느낀다. 그래도 그는 밀주를 마시고, 하루도 술 취하지 않은 적이 없다. 그것은 탐욕스런 검은 땅의 내장처럼 태양 아래 펼쳐진 돈 강의 초원에서 호밀이 향기롭고 달콤하게 꽃을 피우고, 마을과 부락마다 뺨이 거무죽죽한 카자크 병사의 아내들이 솟구쳐 흐르는 샘물과 다름없는 맑디맑은 밀주를 만들기 때문이다.

4

새벽녘에 첫서리가 내렸다. 손바닥 모양의 수련 잎들 위에 은발이 흘러내렸다. 아침에 루키치는 물레방아 바퀴에서 운모처럼 얇은 형형색색의 얼음조각을 발견했다.

루키치는 아침부터 몸이 좋지 않았다. 허리가 콕콕 쑤셨고, 둔중한 통증으로 무쇠처럼 무거워진 다리가 땅에 달라붙었다. 그는 힘이 하나도 없는 흉측한 몸을 간신히 움직이며 방앗간을 걸

---

4) 북캅카스에 있는 강. 캅카스 산맥에서 발원하여 아조프 해로 흘러 들어간다.

어 다녔다. 수수 찧는 절구에서 한배로 태어난 쥐새끼들이 황급히 달아났다. 루키치는 눈물에 젖어 촉촉해진 눈으로 위를 쳐다보았다. 천장 아래 가로질러 놓은 나무에서 비둘기 한 마리가 무슨 자질구레한 일이 있는 듯이 빠르게 지저귀고 있었다. 노인은 모래 섞인 진흙으로 빚은 듯한 콧구멍으로 찐득찐득한 썩은 물곰팡이 냄새와 맷돌로 간 호밀 냄새를 들이마셨고, 물이 기분 나쁘게 숨을 할딱거리며 말뚝을 빨고 핥는 소리에 귀를 기울였다. 그리고 생각에 잠겨 수세미 같은 턱수염을 매만졌다.

루키치는 잠시 쉬려고 양봉장에 누웠다. 노인은 모피 외투를 뒤집어쓰고 입을 크게 벌린 채 비스듬히 누워 잠이 들었다. 끈적끈적하고 따스한 군침이 입술 언저리에서 턱수염으로 흘러내렸다. 땅거미가 노인의 허름한 농가를 짙게 물들였고, 방앗간은 우윳빛 안개 속에 푹 잠겨 버렸다…….

노인이 잠에서 깨어났을 때 두 사람이 말을 타고 숲에서 나왔다. 그중 한 사람이 양봉장을 거닐고 있던 노인에게 소리쳤다.

"할아범, 이리 와!"

루키치는 미심쩍게 그를 바라보고 멈춰 섰다. 그는 지난 몇 년 동안의 혼란기에 이렇게 무장한 사람들을 많이 보아 왔다. 그들은 묻지도 않고 사료와 밀가루를 가져갔는데, 노인은 이편저편 가리지 않고 그들 모두를 싸잡아서 몹시 싫어했다.

"더 빨리 걸어, 이 늙다리야!"

루키치는 구멍이 뚫린 벌통 사이를 지나 색 바랜 입술을 조용히 우물거리며 곁눈질로 손님들을 바라보면서 그들에게서 좀 떨어진 곳에 멈춰 섰다.

"할아범, 우린 적위군이야…… 우릴 무서워하지 마오."

아타만이 목쉰 소리로 부드럽게 말했다.

"우린 반혁명 도당을 뒤쫓다가 동료들과 떨어졌어…… 혹시 어제 부대가 이곳을 지나가는 걸 보았나?"

"어떤 부대가 지나가긴 지나갔소."

"할아범, 그들이 어디로 갔지요?"

"그걸 누가 아오?"

"당신 물레방앗간에 그들 중 아무도 남아 있지 않나?"

"아니."

루키치는 짤막하게 말하고 등을 돌렸다.

"노인장, 기다려."

안장에서 펄쩍 뛰어내린 아타만이 휘어진 두 다리로 서서 술에 취해 비틀거렸다. 그리고 밀주 냄새를 확 풍기며 말했다.

"할아범, 우린 공산당들을 박멸하고 있어…… 알아들었어! 우리가 누군지는 당신이 알 바 아니야!"

그는 말고삐를 손에서 떨어트리며 비틀거렸다.

"당신이 할 일은 말 칠십 마리분 곡식을 준비하고 잠자코 있는 거야…… 지금 즉시! 알았어? 곡식 어디 있어?"

"없소."

시선을 옆으로 돌리면서 루키치가 말했다.

"그럼, 저 창고 속엔 뭐가 있지?"

"잡동사니, 아마, 여러 가지…… 곡식은 없어!"

"그래, 그럼 가 보자!"

아타만은 노인의 멱살을 잡고, 옆으로 기울어지고 땅속으로 들어간 창고 쪽으로 질질 끌고 갔다. 그리고 창고 문을 활짝 열어젖혔다. 곡물 적치장에는 밀과 검은 줄기의 보리가 있었다.

"이게 곡식이 아니고 뭐야, 이 늙은 상놈아!"

"곡식이지…… 제분용 곡식이야…… 내가 일 년 동안 한 톨씩 모은 거여. 그런데 자넨 말에게 그걸 먹이려고 하다니……."

"그럼 말들은 굶어 죽으라는 거야? 보아하니 넌 적위군 편이로군. 죽고 싶어?"

"용서해 주소, 자비로운 양반! 날 어쩔 셈이유?"

루키치는 모자를 벗고 무릎을 꿇으면서 아타만의 털북숭이 손을 잡고 입맞춤을 했다…….

"말해 봐, 넌 적위군을 좋아하지?"

"용서해 주소, 인자하신 양반! ……바보 같은 말을 해서 미안하우. 오, 제발 날 죽이진 마우."

노인은 아타만의 발을 껴안고 말했다.

"적위군 편이 아니라고 신을 걸고 맹세해! 성호를 긋지 말고 흙을 먹어!"

노인은 모래 한 줌을 입에 넣고 소리 없이 씹으며 눈물로 모래를 적셨다.

"좋아, 이제 믿지. 일어나, 영감탱이!"

아타만은 발이 저려서 일어서지 못하는 노인을 보고 웃었다. 그리고 갑자기 몰려온 기병들이 곡물 적치장에서 보리와 밀을

끌어내어 말의 다리 밑에 흩뿌리고 마당에 황금빛 곡식을 깔아
놓았다.

5

안개, 축축한 짙은 안개 속으로 저녁놀이 졌다.

루키치는 보초병을 피해 길이 아니라 자기만 알고 있는 숲 속
오솔길을 따라 작은 계곡을 지나고, 동트기 전의 선잠 속에서
귀를 쫑긋 세우고 있는 숲을 지나 마을을 향해 잔걸음으로 걷기
시작했다.

노인은 풍차가 있는 곳까지 간신히 다다라서 목장으로 가는
길을 지나 작은 길로 접어들려고 했다. 그런데 그때 갑자기 기
병들의 어렴풋한 윤곽이 눈앞에 나타났다.

"누구냐?"

정적 속에서 불안한 외침이 들려왔다.

"나요……."

루키치가 중얼거렸다. 노인은 맥이 탁 풀렸고 부들부들 떨었
다.

"도대체 누구야? 통행증 갖고 있나? 무슨 일로 어슬렁거리고
있어?"

"난 제분소 주인인디…… 여기 물방앗간 주인. 일이 있어서
마을로 가는 중이라오."

"무슨 볼일? 자, 중대장한테 가자! 앞장서 걸어……."

한 사람이 말을 타고 다가오면서 소리쳤다.

루키치는 목덜미에 말의 뜨거운 입술을 느끼고, 가볍게 다리를 절면서 잔걸음으로 마을로 걸어갔다.

그들은 지붕을 기와로 덮은 작은 농가 앞 광장에 멈춰 섰다. 노인을 호송한 사람이 끙끙대며 안장에서 내리고 말을 울타리에 매어 놓았다. 그는 긴 칼을 철걱거리며 현관 계단으로 올라갔다.

"뒤따라 와!"

창문에서 불빛이 아물거렸다. 그들은 안으로 들어갔다.

루키치는 담배 연기 때문에 재치기를 하고는 모자를 벗고 성화가 걸려 있는 앞쪽 구석을 향해 급히 성호를 그었다.

"여기 노인을 붙잡았습니다. 마을로 오고 있었습니다."

니콜카는 솜과 깃털이 붙은 헝클어진 머리를 책상에서 들어올리며 졸음기가 묻어 있지만 엄한 목소리로 물었다.

"어디로 가고 있었나?"

루키치는 앞으로 한 발을 내밀고 기뻐서 목이 메어 말했다.

"오, 당신은 우리 편이구려. 난 또 적들이라고 생각했소……. 너무 겁이 나서 물어보기가 무서웠소……. 난 제분소 주인이오. 당신들이 미트로힌 숲을 지나다가 내 집에 들렀을 때, 젊은이, 내가 자네에게 우유를 주었는데…… 혹시 기억나오?"

"그런데 할 말이 뭐요?"

"사랑스런 젊은이, 말하리다. 어제 해질 녘에 바로 그 반혁명 도당이 우리 집으로 몰려와서는 말들에게 곡식을 몽땅 주었소!

날 조롱하고…… 그들의 우두머리가 충심으로 맹세하라며 내
게 흙을 먹였다오.”

“지금 그들이 어디 있소?”

“지금도 거기 있어. 그자들은 보드카를 가져왔는데, 그 나쁜
놈들이 내 살림방에서 술을 홀짝홀짝 마시고 있다오. 난 당신에
게 알리려고 여기로 달려왔소. 아마 당신이라면 그놈들을 처치
할 수 있을 거요.”

“말에 안장을 놓으라고 해!”

니콜카는 노인에게 웃음을 지으며 의자에서 일어나서 지친
모습으로 외투 소매를 잡아당겼다.

6

날이 밝았다.

며칠 밤이나 잠을 자지 못해 푸르죽죽해진 니콜카는 기관총
을 운반하는 이륜마차가 있는 데로 말을 달렸다.

“우리가 돌격할 때, 우익(右翼)에 사격을 가해. 저들의 날개를
꺾어야만 해!”

이렇게 말하고 니콜카는 산개한 기병 중대 쪽으로 말을 달렸다.

호리호리한 작은 참나무 숲 너머 도로에 4열 종대로 선 기병들
이 나타났고, 그 중앙에 기관총을 운반하는 이륜마차가 있었다.

“구보로!”

니콜카가 소리쳤다. 니콜카는 등 뒤에서 점점 크게 울리는 말

발굽 소리를 느끼면서 자기가 탄 수말에 채찍을 가했다.

숲 가장자리에서 기관총이 맹렬히 울부짖기 시작했다. 그리고 도로 위의 기병들은 훈련한 대로 재빨리 라바 전법[5]으로 흩어졌다.

* * *

바람에 쓰러진 수목에서 늑대 한 마리가 몸에 우엉을 잔뜩 묻히고 언덕 위로 뛰어나왔다. 늑대는 머리를 앞으로 구부리고 귀를 기울였다. 멀지 않은 곳에서 총성이 요란하게 울렸고, 치고 싸우는 온갖 소리가 끈끈한 파도처럼 밀려왔다.

"탕!" 하고 어린 오리나무숲에 총알이 떨어졌다. 언덕 너머 저쪽, 경작지 너머에서 "탕!" 하고 메아리가 빠르게 울려 퍼졌다.

다시 빈번하게 총성이 울렸다. "탕, 탕, 탕!" 언덕 너머에서 메아리가 울렸다. "탕! 탕! 탕!"

늑대는 잠시 서 있다가 넓은 골짜기의 아직 베지 않은 노란 풀숲으로 몸을 기우뚱거리며 천천히 들어가 버렸다…….

"물러서지 마라! ……기관총을 운반하는 이륜마차를 버려선 안 돼! 작은 숲 쪽으로…… 작은 숲 쪽으로…… 제기랄!"

아타만은 등자 위에 엉거주춤 일어서서 소리쳤다.

기관총을 운반하는 이륜마차 주변에서 마부들과 기관총사수들이 멍에와 끌채를 연결하는 끈을 끊으려고 분주하게 움직이

---

5) 카자크 기병 특유의 전법으로, 기병들이 흩어져서 상대방의 양쪽 날개와 배후를 공격하는 것.

고 있었다. 끊임없는 기관총 사격으로 산병선(散兵線)이 무너져서 패주하는 병사들을 이미 통제할 수 없었다.

아타만은 말을 돌렸다. 이때 어떤 사내가 긴 칼을 휘두르며 아타만을 향해 말을 달려왔다. 가슴에서 흔들거리는 쌍안경과 몸에 걸친 망토를 보고 아타만은 이 사내가 평범한 적위군이 아니라는 걸 알아채고 고삐를 팽팽하게 잡아당겼다. 아타만은 증오로 일그러진, 아직 콧수염이 나지 않은 젊은이의 얼굴과 바람 때문에 가늘게 뜬 눈을 멀리서도 볼 수 있었다. 아타만이 탄 말이 뒷발을 굽히며 껑충껑충 뛰어오르기 시작했다. 아타만은 혁대에 꽂힌 모젤 권총을 허리띠에서 뽑으면서 소리쳤다.

"이 새파란 애송이 놈아! ……이리 와라, 와, 내가 네놈에게로 가마!"

아타만은 점점 커지는 검은 망토를 향해 총을 쐈다. 말은 20미터쯤 달리다가 쓰러졌다. 니콜카는 망토를 벗어던지고 총을 쏘면서 아타만 쪽으로 점점 더 가까이 달려갔다.

작은 숲 너머에서 누군가가 짐승같이 울부짖더니 그 소리가 뚝 끊어졌다. 태양이 먹구름 속에 숨었고, 초원에도, 도로에도, 가을바람에 나뭇잎이 떨어진 헐벗은 숲에도 떠도는 구름 그림자가 떨어졌다.

'야생마, 애송이, 성급한 놈. 그러니까 죽음의 마수에 걸려들지.'

아타만은 띄엄띄엄 생각했다. 그리고 상대방의 총알이 다 떨어지기를 기다렸다가 고삐를 늦추고 솔개처럼 달려들었다.

안장에서 늘어지듯이 몸을 기울이고 아타만은 긴 칼을 휙 휘둘렀다. 그 순간 아타만은 일격을 당한 상대의 몸이 물렁해지면서 땅바닥에 미끄러져 내리는 걸 느꼈다. 아타만은 말에서 펄쩍 뛰어내려 죽은 사람에게서 쌍안경을 떼어 냈고, 가늘게 떨고 있는 발을 힐끗 보고 나서 죽은 자의 크롬 가죽 장화를 벗기려고 주저앉았다. 뚜두둑 소리가 나는 죽은 사람의 무릎을 한 발로 누르고 아타만은 장화 한쪽을 잽싸고 능숙하게 벗겼다. 다른 한쪽은 양말이 걸린 모양인지 벗겨지지 않았다. 아타만은 화가 나서 욕지거리를 해 대며 양말과 함께 장화를 쑥 뽑아냈다. 그리고 발의 복사뼈 조금 위에서 비둘기 알만 한 크기의 배냇점을 보았다. 아타만은 마치 죽은 사람을 깨울까 봐 걱정하듯이 얼굴이 위로 향하도록 식어 가는 머리를 천천히 돌려놓았다. 아타만의 두 손은 입에서 물결처럼 흘러내리는 거품투성이의 피로 물들었다. 아타만은 죽은 사람의 얼굴을 뚫어져라 바라보았다. 그러고 나서 딱딱한 어깨를 어색하게 껴안고 공허한 목소리로 말했다.

"아들아! ……니콜루시카! ……내 자식! 내 피붙이……."

얼굴이 흙빛으로 변하면서 아타만이 외쳤다.

"한마디라도 해 봐라! 이게 어찌된 일이냐, 엉?"

아타만은 피로 물든 눈꺼풀을 살짝 들어 올리고 빛을 잃어 가는 두 눈을 바라보면서 땅에 쓰러졌다. 그리고 연약하고 유순한 몸뚱이를 흔들어 댔다……. 그러나 니콜카는 뭔가 아주 대단하고 중요한 것을 발설하는 것이 두려운 듯이 푸른빛이 도는 혀끝을 꽉 깨물고 있었다.

아타만은 아들의 차가워진 두 손을 가슴에 꼭 대고 입을 맞추고는 땀에 젖은 모젤 권총의 강철을 이로 물고, 자기 입속을 향해 총을 쏘았다…….

*　*　*

그날 저녁, 작은 숲 너머에서 기병들의 모습이 어른거리고, 사람들의 목소리, 말의 콧방귀 소리, 등자가 절렁이는 소리가 바람에 실려 왔고, 죽은 고기를 먹는 솔개 한 마리가 아타만의 헝클어진 머리에서 마지못해 날아올랐다. 솔개는 가을 하늘처럼 흐릿한 잿빛 하늘 속으로 녹아들듯이 사라져 버렸다.

아버지에게 드리는 편지

Brief an den Vater

Franz Kafka

카프카 지음 | 국세라 옮김

카프카 Franz Kafka | 체코슬로바키아 태생의 독일 소설가(1883~1924). 유대인으로, 인간 존재의 부조리성을 초현실주의 수법으로 파헤쳐 현대 실존주의 문학의 선구자로 높이 평가받는다. 작품에 〈변신〉, 〈아메리카〉, 〈성(城)〉, 〈심판〉 등이 있다.

　사랑하는 아버지께,

　얼마 전 제게 왜 아버지를 두려워하냐고 물으신 적이 있지요. 늘 그래 왔듯 저는 아무 대답도 할 수 없었습니다. 그렇게 물으시는 아버지가 두려웠기도 했지만, 이유가 너무도 많아서 말로는 반 정도밖에 엮을 수 없기 때문이었지요. 이렇게 글로나마 답을 드리고자 해도 아버지의 질문에 대한 저의 대답은 부족하기만 할 겁니다. 글을 쓸 때에도 저의 이 두려움과 두려움의 결과가 저와 아버지 사이를 가로막고 있으며, 쓰고자 하는 내용은 제 기억과 이성을 훨씬 넘어 버리기 때문입니다.

　아버지한테는 모든 일이 그저 간단했지요. 적어도 아버지가 저에게, 그리고 다른 사람들에게 말씀하신 바에 따르면요. 아버지 말씀대로라면 아버지는 평생을 힘들게 일하셨고, 자식들, 그 중에서도 특히 저를 위해 모든 걸 희생하셨고, 아버지 덕분에 저는 멋대로 살아왔고, 제가 배우고 싶은 걸 배울 수 있는 완벽한 자유를 누렸으며, 먹고살 걱정을 할 필요도 없었고, 걱정거리라고는 전혀 없는 아이였지요. 아버지는 그 대가로 감사하는 마음을 바라지 않으셨고, 자식들이 호의나 공감의 표시를 하지 않아도 고마워하는 마음 정도는 알아챌 수 있다고 하셨습니다. 그런데도 저는 항상 아버지를 피해 다니고, 방에 틀어박혀 있고, 책이나 보고, 쓸데없는 친구들이나 만나고, 이상한 생각이나 하고 다닌다고 하셨지요. 아버지와 터놓고 이야기를 하려 든 적도 없고, 아버지가 유대교 성전에 계실 때 한 번도 찾아뵙지 않았고, 프란첸스바트[1]에 계실 때도 마찬가지였으며, 가족을 생각하는 마음이라고는 눈곱만큼도 찾아볼 수 없고, 아버지의 사업에 대해서도 무심하고, 공장 일은 아버지에게만 떠맡기고, 오틀라[2]가 고집을 부리도록 부추기고, 아버지를 위해서는 손 하나 까딱하지 않으면서(제가 연극표 한 장도 사 드린 적이 없다셨지요), 친구들을 위해서는 무슨 일이든 한다셨고요. 아버지의 판단을 통틀어 보자면 제가 예의에 어긋난다거나 못된 아이라고 질책하고 계시지 않다는 것쯤은 알겠습니다. 그렇지만 냉정하고, 붙임성도 없고, 배은망덕하다고 비난하고 계시지요. 그리고 모든 일이 제 잘못인 양, 제가 인생의 방향을 조금만 틀었더라도 뭐든지 달라졌을 거라고 주장하십니다. 아버지는 잘못이 하나도 없으시고, 잘못이 굳이 있다면 저를 너무 오냐오냐하며 키우신 것이라고 생각하시지요. 아버지의 의견에 동의는 합니다. 우리 사이가 멀어진 것에 대해 아버지가 양심의 가책을 느낄 필요까지는 없다고 생각해요. 하지만 저도 아버지만큼이나 결백합니다. 이 사실을 아버지가 인정하시도록 만들 수나 있을까요? 그렇다

---

1) 체코의 서부 보헤미아 지역에 있는 유명한 온천 휴양지.
2) 카프카의 셋째 여동생.

면 아버지와 저에게 새로운 인생이 펼쳐지는 것까지는 아니더
라도 —그러기엔 우리가 나이를 좀 먹었으니까요— 이 문제를
종결짓지는 못하더라도 휴전 협정 정도는 가능하지 않을까요?
어쨌든 아버지의 끝없는 비난이 좀 수그러들기야 하겠지요.

　제가 아버지에게 무슨 말을 하고 싶은 건지 나름대로 알고는
계실 겁니다. 그래서 얼마 전 저에게 말씀하셨던 것이겠지요.
　"나는 항상 너를 아껴 왔다. 겉으로는 다른 아버지들처럼 살
갑게 굴지 못했지만, 그건 내가 남들처럼 내 감정을 포장하는
데 서툴기 때문일 뿐이다."
　그런데 말입니다, 아버지, 저를 향한 아버지의 선의를 의심해
본 적은 없습니다. 하지만 아버지의 이 말씀은 옳지 않아요. 아
버지는 솔직한 분이지요. 네, 그건 맞습니다. 그렇다고 해서 다
른 아버지들이 모두 가식적이라고 주장하신다면 그건 더 이상
말할 필요도 없는 아버지의 독선이에요. 그리고 —이건 제가 정
말 그렇다고 생각하는 부분인데— 저와 아버지 사이에 뭔가가
잘못되어 있다는 것을 증명하는 완곡한 표현입니다. 그 원인은
아버지에게 있어요. 아버지의 잘못이라는 이야기는 아닙니다.
아버지가 진정 당신 탓이라고 생각하신다면, 온전히 아버지의
책임이라고까지는 할 수 없지만 이런 상황이 되기까지 아버지
가 한몫 하셨다는 데에는 우리의 의견이 일치하는 겁니다.

　물론 아버지의 영향만으로 제가 이런 사람이 되었다고는 볼

수 없겠지요. 그렇게 말한다면 제가 너무 많이 과장하는 것이니까요(그런데도 과장하고 싶은 마음은 듭니다). 하지만 제가 아버지의 영향을 전혀 받지 않고 자랐다고 하더라도 아버지의 마음에 쏙 드는 그런 아들이 될 가능성은 별로 없었을 겁니다. 아버지가 아니었더라도 저는 나약하고, 겁 많고, 소심하고, 불안정한 인간이 되었겠지요. 로베르트 카프카나 카를 헤르만[3]도 아닌, 그러나 지금의 저와는 전혀 다른 모습이었을 겁니다. 그랬더라면 우리는 서로 궁합이 환상적으로 맞았을 텐데요. 차라리 아버지를 친구로, 직장 상사로, 삼촌으로, 할아버지로, (꺼림직하기는 하지만) 장인어른으로 만났더라면 행복했을 겁니다. 아버지는 단지 아버지로서만 저에게 너무 강했습니다. 남자 형제들이 일찍 죽고 여동생들이 한참 후에나 태어났기에 저 혼자 아버지의 기대를 버텨 내야 했고, 그러기에는 제가 너무나도 약했어요.

아버지와 저를 비교해 보면, 저라는 인간은, 간단히 말하자면 카프카적 기질을 지닌 뢰비 가문[4] 사람입니다. 그렇지만 카프카적인 인생관, 사업관, 정복 의지에 좌지우지되기보다는 뢰비적인 성격에 따라 움직이지요. 좀 더 은밀하고, 소심하고, 보통 사람들과는 엇나가는 방향으로 행동하고, 그러다 보면 늘 겉돌게 되더군요. 그에 반해 진정한 카프카 정신을 지닌 아버지는 강하고, 건강하고, 식성도 좋고, 목소리에 힘이 넘치고, 말주변이 좋

---

3) 로베르트는 카프카 사촌형, 카를 헤르만은 첫째 여동생인 엘리의 남편.
4) 카프카의 어머니 집안.

44

고, 자신감이 넘치고, 모든 면에서 탁월하고, 끈기가 있고, 침착하고, 인간에 대해 잘 알고, 아량을 베풀 줄 아셨습니다. 워낙 다혈질이고 성격이 급하다 보니 때로는 일을 그르칠 때도 있었지만요. 아버지의 전반적인 세계관을 보면 아버지가 필립, 루트비히, 하인리히 삼촌들에 비해 완벽하게 카프카적인 것은 아니에요. 참 이상한 일이지요. 제가 완전히 확신할 수는 없지만, 삼촌들은 모두 유쾌하고, 활달하고, 자연스럽고, 태평하고, 아버지보다는 덜 엄격했어요(삼촌들과는 다른 아버지의 성격을 제가 물려받았고, 그 성격을 너무도 잘 지켜 왔습니다. 아버지와 다른 점은 그런 성격에 꼭 필요했을 균형을 저는 찾지 못했다는 것이에요). 아버지의 인생에서 자식들이, 특히 제가 아버지를 실망시키고 우울하게 만들기 전에는 아마도 쾌활한 분이셨을 겁니다(다른 사람들과 있을 때는 또 다른 모습을 보이셨으니까요). 요즘은 다시 좀 쾌활해지신 것 같긴 합니다. 발리5, 손자들, 사위가 아버지에게 가족의 따뜻함을 느끼게 해드렸기 때문이겠지요. 어쨌든 아버지와 저는 서로 너무 달랐고, 부자가 이렇게 다르다는 것은 참으로 위험한 일이었습니다. 태생적으로 느린 아이인 저와 건장한 어른인 아버지가 어떻게 서로 맞설 것인가에 대해서 누군가가 예견을 해 본다면, 모두들 아버지가 저를 한 방에 눌러 버려서 제가 단숨에 끝장이 날 거라고 생각하겠지요. 인간사가 예견대로 가는 것만은 아니니 이런 일이 실제로 일어나지는 않았지만요. 하지만 언짢을 수도 있는 일들은 일어났습니다. 부단히 아버지께 말씀드리는 것

---

5) 카프카의 둘째 여동생.

은, 제가 절대로 이 모든 일이 아버지의 잘못이라고는 생각하지 않는다는 겁니다. 이 점을 잊지 말아 주세요. 아버지는 당신이 해야 할 방식으로 저에게 영향을 끼쳤을 따름이니, 아버지에게 굴복했다는 것에 제 나름대로 억울해하고 있으리라고 넘겨짚지는 말아 달라는 겁니다.

저는 소심하고 자신감이 부족한 아이였습니다. 그렇지만 고집은 센 편이었지요. 아이들이 으레 그렇듯 말입니다. 물론 어머니가 저를 너무 오냐오냐하신 면도 있었지만, 제가 특별히 다루기 힘든 아이는 아니었다고 봅니다. 따뜻한 말 한마디, 말없이 그냥 제 손을 잡아 주는 것, 따스한 눈빛이 아버지가 원하시는 대로 저를 이끄는 데에 절대로 해가 되지는 않았겠지요. 아버지는 본래 자비롭고 부드러운 분입니다(앞으로 편지에 쓸 내용이 저의 이런 생각과 모순되는 것은 아니에요. 저는 아버지가 아이에게 끼친 영향, 단지 그 현상에 대해서만 이야기할 뿐이지요). 그러나 어린 아이로서 아버지의 속마음을 헤아리기는 힘들었습니다. 아버지는 당신이 겪은 대로밖에 자식을 다룰 줄 모르셨어요. 힘으로 제압하고, 소리 지르고, 성질을 부려 대고, 그러면서도 이것이 아주 적합한 방법이라고 생각하셨겠지요. 아버지는 저로부터 힘세고 용감한 아들의 모습을 끌어내려고 하셨으니까요.

어릴 적 아버지가 저를 교육하셨던 방법을 이제 와서 자세하게 설명하기는 힘듭니다. 그렇지만 최근 몇 년간을 돌아보고,

아버지가 펠릭스⁶를 대하시는 것을 지켜보면 충분히 짐작이 갑니다. 게다가 그때 아버지는 지금보다도 훨씬 젊었고, 그래서 더 혈기왕성하고 거칠고 원초적이고 두려울 게 없을 때였고, 사업에도 한창 열중해서 저에게 단 하루도 할애할 여유가 없었으니, 아버지가 잠깐씩 보여 준 강한 인상이 저에게는 그대로 굳어져 버렸습니다.

어릴 적 겪었던 일 하나는 아직도 또렷이 기억이 납니다. 아버지도 기억은 하실 겁니다. 제가 밤중에 물을 달라고 계속 조른 적이 있었지요. 정말로 목이 말라서만은 아니었고, 아버지의 관심을 끌기 위해, 또 그냥 재미로 그랬던 것 같아요. 저를 심하게 꾸중하셔도 소용이 없자 침대에 있던 저를 파블라취⁷로 끌어내고는 문을 잠그시너니 한참을 혼자 세워 두셨어요. 저는 그때 잠옷 바람이었습니다. 아버지의 방식이 틀렸다고 말하려는 건 아니에요. 밤에 조용히 휴식을 취하시려면 별다른 방법이 없었겠지요. 그렇지만 이 일로 나타난 아버지의 교육 방식과 제가 받은 영향에 대해 말씀드리고자 합니다. 그 일이 있은 후 저는 아버지 말씀을 잘 따르는 순종적인 아이가 되었지만, 제 내면은 상처를 입었어요. 물을 달라고 괜히 졸라 보는 게 어린아이로서 무리한 요구는 아니었는데, 그로 인해 밖으로 내쫓기는 것은 극도로 두려운 일이었기에 제 상식선에서는 이 두 가지를 절대로

---

6) 카프카의 첫째 여동생인 엘리의 아들.
7) 체코의 공동 주택 건물에 있는 발코니형 복도.

이어서 생각할 수가 없었어요. 몇 년 후까지도 거인이자 절대적인 존재인 나의 아버지가 이유도 없이 밤에 나를 침대에서 끌어내서 파블라취로 쫓아낼 수도 있다는, 그리고 나는 아버지에게 그만큼 아무것도 아닌 존재라는 괴로운 상상에 시달렸습니다.

이것은 사소한 시작에 불과했지요. 그렇지만 내가 별것 아니라는 감정(이것은 한편으로는 겸손한 성품을 나타내는 고상한 감정이지요)은 저를 늘 괴롭혀 왔고, 여기에는 아버지의 탓이 큽니다. 당시 저에게 필요했던 것은 제가 선택하는 길에 대한 격려와 친절함과 열린 생각이 전부였어요. 물론 좋은 의도로 하신 일이었겠지만, 아버지는 제가 다른 길로 가도록 바꾸어 놓으셨습니다. 아버지가 의도한 다른 길과 저는 맞지 않았어요. 거수경례를 잘하고 행군을 잘하면 격려하셨지만, 저는 군인감은 아니었어요. 많이 먹고 맥주까지 곁들여 마셔도 격려하셨지요. 알아듣지도 못하는 노래를 따라 부르고 아버지가 좋아하는 말투를 따라하면 그 모습도 좋아하셨고요. 그렇지만 이 중에 제가 원하는 미래와 관련된 일들은 하나도 없었어요. 참 별난 일은 아버지와 직접적으로 관련이 있는 일에만 제가 그 일을 하도록 격려하셨다는 사실이에요. (제가 결혼 의사를 피력해서) 아버지와 같이 고민을 해야 했다든지 (폐파[8]가 저를 모욕해서) 자식 문제로 아버지가 자존심이 상하셨을 때만 저를 격려해 주시더군요. 그럴 때면 자신감을 되찾은 저는 제 자신이 얼마나 값진 존재인지 생각하며

---

8) 둘째 여동생인 발리의 남편.

기뻐했어요. 그리고 페파만 혼쭐이 났지요. 하지만 이 나이에 용기를 얻기엔 이미 늦었다는 사실은 둘째치고라도, 저 자신과 관련되지 않은 일에 있어서만 격려를 받는다면 그게 저에게 무슨 소용이 있겠습니까?

저는 그때 늘 옆에서 용기를 북돋아 주어야 하는 아이였어요. 하지만 아버지의 탄탄한 몸집만으로도 이미 '주눅이 들곤 했지요. 우리가 수영장에서 함께 옷을 벗을 때의 기억이 납니다. 저는 비쩍 마르고 허약하고 가냘팠지만, 아버지는 키도 크고 몸집도 거대했지요. 탈의실 안에서부터 벌써 제 자신이 초라하게 느껴졌어요. 게다가 아버지 앞에서 뿐만 아니라 모든 사람들 앞에서도요. 그만큼 아버지는 저에게 모든 것의 기준이었지요. 탈의실에서 나와 사람들 앞에 서면, 몸집이 작은 저는 아버지의 손을 잡고 나무 바닥 위에 맨발로 서서 한없이 불안해했습니다. 물이 무서워서 덜덜 떨며 아버지의 수영 동작을 제대로 따라하지도 못했지요. 아버지는 좋은 의도로 수영을 가르쳐 주셨겠지만, 결국은 저의 깊은 수치심을 끊임없이 자극하셨어요. 참 절망적이었지요. 여기저기서 경험했던 안 좋은 기억들이 절묘하게도 모두 함께 떠오르더군요. 아버지가 저보다 먼저 옷을 벗으시고 탈의실에 저 혼자 있을 때는 좀 나았습니다. 참다못한 아버지가 저를 탈의실 밖으로 끌어내기 전까지는 다른 사람들 앞에 창피하게 나서는 시간을 최대한으로 끌 수 있었으니까요. 아버지가 저의 괴로운 마음을 모른 척해 주시는 것이 고맙기까지 했어요. 그리고 아버지의 몸이 자랑스럽기도 했지요. 아버지와 저의 이런 차이는 오늘날까지도 유지되고 있습니다.

제가 계속해서 아버지로부터 정신적으로 지배를 받는 것도 바로 그 차이의 연장선상에 있습니다. 아버지는 혼자만의 힘으로 지금의 높은 위치까지 힘들게 올라갔고, 따라서 본인의 생각에 대해 무한한 신뢰를 가지고 계십니다. 저는 어렸을 때나 다 큰 어른이 되었을 때나 아버지의 생각에 동의하기가 힘들었어요. 아버지는 안락의자에 파묻혀 세계를 지배하셨어요. 아버지의 의견만이 옳고, 다른 사람들은 다 미쳤고 덜떨어졌고 제정신이 아니었고, 여하튼 아버지를 빼고는 모두 정상이 아니라고 하셨습니다. 엄청난 자신감에 차서 그런 말들을 늘어놓으셨지요. 아버지는 무조건 옳으시기에 논리에 맞게 말씀하실 필요조차 없으셨어요. 아버지가 전혀 의견을 갖지 않는 문제가 나오면, 그 문제에 대한 모든 의견은 예외 없이 다 틀린 것이어야 하는 경우도 있었지요. 예를 들어 아버지는 체코인들을 욕하고, 그 다음에는 독일인들, 그 다음에는 유대인들을 욕했지만, 어느 한 사람을 골라 욕을 할 뿐 아니라 모든 관점에서 욕을 하다 보니 결국에는 아버지 이외의 모든 사람들을 욕하고 계셨어요. 아버지는 폭군들이라면 다 가지고 있는 수수께끼 같은 성향을 지니셨어요. 어떤 생각이나 사상보다는 인물의 존재가 절대적인 권리를 지닌다고 믿는 폭군의 성향 말입니다. 적어도 제게는 그렇게 보였습니다.

그런 아버지가 저를 대할 때는 놀랍게도 항상 옳으셨어요. 대화 중에야 당연히 아버지가 옳으셨지요. 왜냐하면 우리는 대화라는 것을 거의 하지 않았으니까요. 그렇지만 현실의 여러 문제에 있어서도 아버지는 옳으셨습니다. 아주 이해할 수 없는 일은 아니지요. 저의 생각은 모두 아버지의 엄격한 압박을 받고 있었고, 아버지와 제 생각이 일치하지 않을 때에는 그 압박이 더욱 컸습니다. 이렇듯 겉으로 보기에만 독립적인 제 생각들은 사실 아버지의 부정적 판단이라는 무거운 짐에 눌려 있었어요. 제 생각을 완벽히 실행에 옮기기까지 그 짐을 견뎌 낸다는 것은 거의 불가능했지요. 여기에서 제가 이야기하는 것은 어떤 고귀한 생각에 대해서가 아니라 어린 시절의 사소한 일들입니다. 어떤 일에 성공해서 성취감을 느끼고 집에 돌아와 이야기를 하면 아버지는 빈정거리면서 탄식을 하거나 고개를 젓거나 책상을 손가락으로 탁탁 치면서 말씀하시더군요. "그것보다 더 좋은 것도 이미 많이 봤는데 말이다!" 아니면 아버지의 걱정거리를 저에게 늘어놓거나 "나는 머릿속이 복잡하다!"거나 "그게 무슨 소용이냐!"라든지 "큰일이기도 하겠다!"라고요. 물론 아버지가 이미 수많은 걱정과 고민 속에서 살고 계시는 와중에 제가 하는 모든 사소한 일에 대해 감동하시기를 바랐다는 것은 아닙니다. 제 말은 그게 아니에요. 제가 하고 싶은 말은, 우리가 서로 대립적이라는 사실을 이용하여 아버지는 저에게 실망감을 꾸준히, 그것도 뼛속 깊이 안겨 주셨고, 집에 돈이 많아지면서부터는 우리가 더욱 대립하게 되었다는 겁니다. 결국 아버지가 저와 생각이 같을 때마저도 우리는 습관적으로 대립했지요. 이런 일에서 느끼는 어린아이의 실망감은 일상적으로 느끼는 단순한 실망감이 아니라 뼛속 깊이 스며드는 실망감이었습니다. 저의 모든 것을 결정하는 인물은 바로 아버지였으니까요. 제가 지니고 있던 용기, 결단력, 확신, 이런저런 일들에 대한 기쁜 감정은 아버지가 반대하실 때에는, 또는 제가 아버지의 반대 의견을 받아들일 수밖에 없을 때에는 끝까지 유지될 수가 없었어요. 그런데 제가 하는 모든 일에 아버지는 반대 의견을 지니고 계셨지요.

아버지는 제 사상뿐 아니라 인간관계도 반대하셨습니다. 제가 어떤 사람에게 아주 조금 관심을 보였을 때 ―저로서는 누구에게 관심을 보인다는 일이 정말 드물었음에도― 이미 아버지는 제 감정에 대한 배려는 전혀 없이 제 판단은 고려하지도 않고 욕하고 비난하고 그 사람을 우선 깎아내리기부터 하면서 끼어드셨어요. 뢰비라는 유대인 배우처럼 순진하고 순수한 사람들이 비난의 대상이었지요. 잘 알지도 못하시면서 지금은 기억도 나지 않는 끔찍한 비유로 그런 사람들을 벌레에 비유하시더군요. 저에게 잘 대해 주던 사람들에 대해 말할 때에는 개와 벼룩과 관련된 욕설이 자동으로 나오도록 늘 준비하고 계셨습니다. 뢰비에 대해서는 특히 잘 기억하고 있어요. 그 사람을 욕하는 아버지의 말을 제 생각까지 덧붙여 적어 두었기 때문이지요.

'아버지는 (전혀 모르시는) 내 친구에 대해 그가 단지 내 친구이기 때문에 그렇게 말씀하셨다. 아버지가 내가 어린애다운 사랑

과 감사의 마음이 부족하다고 비난하신다면 나는 이 일 때문이
라고 반박할 준비가 되어 있다.'

늘 이해할 수 없었던 것은 아버지가 혹독한 말과 판단으로 저
에게 얼마나 큰 상처를 줄지에 대해 전혀 신경 쓰지 않는다는
것이었습니다. 아버지가 지닌 막강한 힘에 대해 마치 전혀 모르
는 것처럼 구시더군요. 저도 아버지에게 말로 상처를 입힌 적이
물론 많았을 겁니다. 그렇지만 저는 말하는 순간에 벌써 제 자
신도 괴롭다는 것을 알았고, 하던 말을 멈출 수가 없어서 내뱉
었을 뿐이었어요. 제 말이 채 끝나기도 전에 벌써 후회를 하고
있었어요. 그렇지만 아버지는 말로 끝없이 남을 공격해 댔고,
말하는 중에나 말해 버린 후에나 그 누구도 마음에 걸려 하지
않았고, 아버지에게는 그 누구도 저항할 수 없었습니다.

아버지의 교육 방식은 늘 그런 식이었어요. 아버지는 교육에
재능이 있나 봅니다. 아버지와 같은 부류의 사람을 교육하셨다
면 분명 쓸 만한 인재로 만드셨겠지요. 그런 사람이라면 아버지
의 말씀이 아주 합리적이라는 것을 깨달아서 한눈팔지 않고 모
든 일을 차분히 처리했을 테니까요. 어릴 적에는 아버지가 저에
게 소리치는 모든 말들이 바로 십계명과도 같았습니다. 아버지
의 말씀은 세상을 판단하는 가장 중요한 수단이었으며, 무엇보
다도 아버지를 판단하는 수단이 되어 버렸고, 그 부분에서 아버
지는 결국 당신의 의도를 완전히 망친 셈입니다. 어렸을 때 아
버지와 함께 있는 시간은 주로 식사할 때였기에 저에게 가르쳐

주시는 내용의 대부분은 올바른 식탁 예절에 관한 것이었어요. 식탁에 올라온 음식은 다 먹어 치워야 하고 음식 맛에 대해서는 아무 말도 하면 안 되었는데, 그러면서도 아버지는 음식 맛이 형편없다고 투정하셨지요. 음식을 동물 사료라고 부르며, 집 짐승같은 가정부가 요리를 망쳐 버렸다고 하셨어요. 아버지의 왕성한 식욕과 특이한 식성 때문에 모든 것을 빨리, 뜨거운 상태로, 큼지막하게 썰어서 삼켜 버렸기에 어린 우리들도 늘 밥을 서둘러 먹어야 했고, 식탁에는 우울한 정적만이 감돌았으며, 그러다가 아버지의 훈계로 침묵이 깨지곤 했지요.

"먹고 난 다음에 말해라."

"빨리, 빨리, 빨리!"

"봐라, 나는 벌써 다 먹었다."

뼈를 씹으면 안 된다고 하셨지만, 아버지는 그러고 계셨어요. 소스를 홀짝거리지 말라고 하셨지만, 아버지는 그래도 되셨지요. 가장 중요한 것은 빵을 똑바로 깨끗하게 자르는 일이었는데, 아버지는 소스 묻은 칼로 빵을 자르면서 전혀 개의치 않았어요. 음식 부스러기가 바닥에 떨어지지 않도록 주의해야 한다고 하셨지만, 부스러기는 아버지 주변에 가장 많이 널려 있었잖아요. 식탁에서는 딴짓하지 말고 밥만 먹으라고 하셨지만, 아버지는 밥 먹는 중에 손톱을 깎고, 연필도 깎고, 귀도 후비셨고요. 제발 아버지, 저를 제대로 이해해 주세요. 지금까지 말한 것은 그 자체로는 정말 사소한 일이었을 뿐이에요. 그러나 저를 짓누르던 억울함은 아버지가, 저에게는 거대한 권위자인 아버지가

저에게 내리신 규칙을 당신 스스로 지키고 있지 않다는 것이었
어요. 그래서 저에게는 세상이 세 가지로 나뉘었습니다. 하나는
노예인 제가 저만을 위해 고안된 규칙 아래에 살아가며, 왜인지
는 알 수 없지만 한 번도 그 규칙을 완벽하게 지킬 수 없는 세상
이었어요. 두 번째 세상은 제 세상과는 한없이 떨어져 있고, 그
안에서 살고 있는 아버지는 항상 지배하고, 명령을 내리고, 명
령에 따르지 않으면 역정을 내셨지요. 마지막으로 세 번째는 나
머지 모든 사람들이 명령과 복종으로부터 벗어나 행복한 생활
을 누리는 세상이었어요. 저는 끊임없이 수치 속에 살고 있었어
요. 제가 아버지의 명령에 따라야 할 때에도 그 명령이 저만을
위한 것이었기에 수치스러웠으며, 반항을 해 보아도 그 나름대
로 또한 수치스러웠습니다. 제가 감히 아버지에게 맞서다니요!
저는 아버지처럼 힘세고, 식욕이 왕성하고, 노련하지 못해서 아
버지의 기대와 요구를 따를 수가 없다는 것이 물론 가장 큰 수
치였어요. 이것은 제가 고심해 내린 결론이라기보다는 어린아
이로서 그저 그렇게 느꼈던 것뿐입니다.

　　펠릭스와 비교해 보면 당시 제 상황이 좀 더 명확해질지도 모
르겠네요. 아버지는 펠릭스도 저와 비슷한 방법으로 대하셨지
요. 아니, 더 무섭게 대하셨어요. 펠릭스가 식탁에서 깔끔하지
않게 행동한다고 생각하시면 저에게 하시듯 "이 돼지새끼야."
라고 말씀하시는 것으로 만족하지 못하시고 한층 더 심하게 "너
는 완전히 헤르만 자식이구만. 딱 네 애비다."라고 덧붙이셨지

요. 어쩌면 —어쩌면이라고밖에는 말 못하겠습니다— 펠릭스에
게 아버지의 말이 아주 큰 상처는 아니었는지도 모르겠습니다.
펠릭스에게 아버지는 물론 특별하고 중요한 할아버지이기는
하겠지만, 저만큼 아버지의 존재를 거대하게 느끼고 있지는 않
았을 테니까요. 펠릭스는 차분한 아이이며, 아버지의 고함 소리
에 좀 놀라기는 할지라도 그것을 오래 마음에 담아 두지는 않는
남자다운 성격을 지녔어요. 무엇보다도 펠릭스는 아버지와 함
께 보낸 시간이 비교적 짧고, 다른 사람의 영향도 받는 환경에
서 자라고 있지요. 펠릭스에게 아버지는 그저 좀 괴팍한 사람일
뿐이고, 아버지의 말 중 자기가 원하는 것만을 골라 들을 자유
가 있지요. 저에게 아버지는 괴팍한 사람 그 이상이었어요. 저
는 아버지의 말을 골라 들을 자유가 없었고, 아버지의 말이라면
무조건 들어야 했습니다.

아버지의 말에 지금까지 제가 반대 의견을 내세운 적은 전혀
없었지요. 아버지가 동의하지 않는 일에 대해, 또는 아버지와
상관없는 일에 대해 차분히 이야기를 나눈다는 건 애당초 불가
능했으니까요. 아버지의 독재적인 성격상 용납될 수가 없는 일
이었어요. 아버지의 그런 성향이 최근 얻은 신경성 심장 질환
때문이라고도 말씀하시지만, 그 이전에도 아버지가 달랐을 것
같지는 않아요. 아버지에게 심장 질환이란 기껏해야 더 엄격히
지배를 할 수 있도록 도와주는 수단일 뿐이지요. 반대 의견을
내 볼까 하다가도 아버지의 심장 질환을 떠올리면 반박해 볼 최

후의 의지마저도 사라져 버리니까요. 저는 아버지를 비난하는 것이 아니라 그저 사실을 말하고 있을 뿐입니다. 오틀라에 대해서도 이렇게 말씀하셨지요.

"오틀라와는 대화를 할 수가 없군. 곧장 화만 내 버리니 말이다."

오틀라가 실제로 화를 낸 적은 없어요. 아버지는 일을 사람과 혼동하신 겁니다. 어떤 일이 아버지를 화나게 했을 뿐이지요. 그런데 아버지는 사람 말을 들어 보지도 않고 결단을 내리십니다. 그 이후에는 아버지에게 어떤 말씀을 드려도 화만 내시고, 아버지를 결코 납득시킬 수가 없었어요. 그러고는 늘 이렇게 말씀하셨지요.

"네가 원하는 대로 해라. 내 선에서 너는 이제 자유다. 너도 나이를 먹을 만큼 먹었다. 나는 이제 더 이상 할 충고도 없다."

분노에 차서 낮고 쉰 목소리로 끔찍이도 무섭게 비난하셨어요. 요즘에야 저는 어렸을 때에 비해 별로 떨지 않게 되었습니다. 아버지도 저와 마찬가지로 미숙하다는 것을 깨닫게 되면서 어릴 적 느꼈던 죄책감이 많이 줄어들었기 때문이지요.

우리가 차분히 대화를 할 수 없다는 것은 또 다른 결과를, 사실 참 당연한 결과를 낳았습니다. 저는 말하는 법을 잘못 배운 겁니다. 그렇지 않았더라도 제가 뭐 대단한 연설가가 되지는 않았겠지만, 일반적인 수준의 말 정도는 유창하게 구사했을 거예요. 그런데 아버지는 제가 말하는 것 자체를 어릴 적부터 아예

금지해 버리셨지요.

"말대꾸하지 마라!"라는 협박, 그리고 번쩍 치켜든 아버지의 손에 예전부터 시달려 왔습니다. 아버지 앞에서만 서면 ―아버지는 당신의 일에 관해서는 뛰어난 화술을 자랑하셨지요― 말문이 막히고, 더듬거리는 것이 제가 말하는 방식으로 굳어져 버렸고, 어느 순간부터는 그 정도의 말조차도 듣기 싫어하셨기에 저는 결국 완전히 침묵해 버렸습니다. 처음에는 반항심 때문이었지만 시간이 지나면서 아버지 앞에서는 생각이 하나도 떠오르지 않았고, 아무 말도 할 수 없었기 때문이었어요. 아버지가 제 교육의 실권을 쥐고 계셨기에 이런 일들은 제 인생 구석구석에서 오래도록 영향을 미칠 수밖에 없었어요. 만약 제가 아버지에게 복종한 적이 전혀 없었다고 생각하신다면 그건 분명 터무니없는 오해입니다. 아버지는 제가 모든 일에 반대부터 한다며 비난하시지만, 아버지를 대하는 저의 기본적인 생각은 절대 그게 아니었어요. 오히려 그 반대였습니다. 제가 진정 아버지의 뜻을 거스르고자 했다면, 아버지는 훨씬 더 저에게 만족하셨을 겁니다. 여하튼 아버지의 교육 방침은 완전히 들어맞아서 저는 아버지의 말씀을 단 한 번이라도 거역할 수가 없었어요. 지금의 제 모습(제 태생과 살아가며 받은 영향과는 물론 상관없이)은 결국 아버지의 교육과 제 복종심의 산물입니다. 그럼에도 불구하고 아버지가 저를 수치스러워하시는 것, 아버지의 방식대로 교육시킨 결과물을 인정하기를 꺼리시는 것은 아버지의 방식과 저의 자질이 서로 너무도 동떨어져 있기 때문입니다. 아버지는 "말대꾸 하지 마!"라고 하시면서 아버지의 마음에 들지 않는 반대 의견에 대해서는 제가 말도 꺼내지 못하게 만드셨지요. 그 효과가 저에게는 너무도 강해 저는 아버지 앞에서 완전히 복종했으며, 늘 말문이 막혔습니다. 아버지 앞에서는 숨도 쉬지 못하다가 아버지와 가능한 한 멀리 떨어져 있을 때에야 움직일 엄두를 냈어요. 아버지의 힘이 적어도 물리적인 거리상으로는 더 이상 닿지 못할 때에나 말입니다. 그래도 아버지를 피할 도리는 없더군요. 강한 아버지와 약한 제 모습에 따른 당연한 결과였겠지요. 그런데도 아버지는 모든 것이 당신과 대립한다고 생각해 버리셨습니다.

극도로 효과적이었고, 적어도 저에 대해서는 한 번도 실패한 적이 없었던 아버지의 교육 수단이란 욕하기, 협박하기, 비꼬기, 기분 나쁘게 웃기 —그리고 좀 특이하게도— 신세 한탄이었어요.

정말 욕이 들어간 단어를 써 가며 저를 대놓고 비난하셨는지는 기억이 나지 않습니다. 사실 그렇게까지 할 필요도 없었지요. 이미 아버지가 수많은 사람들에게 쏟아붓는 욕설이 집에서나 가게에서나 제 주위에 넘쳐 났고, 어린아이였던 저는 욕설들 때문에 정신이 혼미해지기 일쑤였습니다. 아버지가 욕하는 사람들을 보고 있으면 마치 제 자신을 보는 듯했어요.
그 사람들은 저보다 특별히 덜떨어진 사람들이 아니었는데도 아버지가 그렇게나 욕을 해 대니, 저도 아버지의 욕설을 비켜 갈 수는 없겠다는 생각이 들었습니다. 아버지는 이해가 가지 않을 정도로 혼자서만 고결한 독불장군이셨어요. 아버지 자신은 전혀 주저하지 않고 남들부터 욕하시면서 다른 사람이 욕을 하는 것은 단 한마디도 참지 못하셨지요.

아버지의 욕에는 위협이 섞여 있었기에 그 효과는 더욱 컸고, 저에게도 큰 영향을 미쳤어요. 이런 말은 참 끔찍했지요.
"너를 생선처럼 갈기갈기 찢어 버리겠다."
실제로 일어나지는 않을 일이라는 것을 알면서도(어렸을 때는 몰랐지만요) 아버지의 힘, 아버지가 발휘할 수도 있을 것 같은 힘에 대한 제 생각은 아버지의 욕과 들어맞아 저를 괴롭혔습니다. 아버지가 우리 남매 중 한 명을 잡겠다고 소리를 지르며 식탁 주변을 뛰어다니시던 일도 참 끔찍했어요. 진짜로 잡으려던 건 아니셨겠지만, 어쨌든 잡으러 다니는 척을 하셨고, 어머니도 우리 중 하나를 구해 주는 척하셨어요. 그게 어린아이의 눈에는 아버지의 은혜를 입고 다시금 삶의 기회를 얻은 것으로 비춰졌고, 자격 없는 우리에 대한 아버지의 선물이라고 생각하며 계속 살아갈 수밖에 없었습니다. 아버지에게 복종하지 않았다가 협박을 받는 것도 바로 그런 선물 중 하나였고요. 제가 아버지의 마음에 안 드는 뭔가를 시작하면 아버지는 실패에 대해 겁부터 주시더군요. 저는 아버지 말씀에 대한 경외심이 컸던 만큼 한참 후에나 나타날지도 모를 실패에 대한 두려움에 떨어야 했어요. 제가 하는 행동에 대한 확신을 점점 잃어 갔지요. 늘 이랬다 저랬다 하고 망설였습니다. 시간이 지날수록 아버지 말씀대로 제가 가치 없는 아이라는 것을 증명할 거리들은 늘어났고, 점점 아버지가 옳게 되셨어요. 제가 오로지 아버지 때문에 이렇게 되 었다고 말씀드리기에는 좀 조심스럽습니다. 아버지는 강한 것 을 더욱 강하게 만드는 재주를 지니셨고, 아버지가 지닌 힘을 모두 써서 저에게 강한 영향력을 발휘하셨을 뿐이지요.

아버지는 비꼬아 말하는 교육 방법을 특히 신뢰하시더군요. 아버지의 우월감을 과시하기에 적당했기 때문이겠지요.

"이렇게 저렇게 못하겠냐? 너한테 너무 무리냐? 그렇게 하기 엔 물론 시간이 부족할 테지!"

심술궂은 얼굴로 빈정대는 미소를 띠고 이렇게 꾸짖으셨어 요. 나쁜 짓을 하기도 전에 아버지의 말로 인해 어느 정도 벌을 받고 있었던 셈입니다. 저를 욕 들을 가치도 없는 제삼자로 취 급하는 듯한 훈계도 듣기 괴로웠어요. 겉으로는 어머니에게 말 씀하고 계셨지만 사실은 그 옆에 앉은 저를 겨냥한 말을 늘어놓 으셨지요.

"우리 아드님은 물론 그렇게 할 수가 없겠지."처럼요(이에 대 한 제 대응책은 어머니가 옆에 계실 때에는 아버지에게 아예 말을 걸지 않 는 것이었고, 나중에는 이것이 습관이 되어 버렸어요. 아버지 옆에 앉아 계 신 어머니에게 물어보는 것이 훨씬 안전했으니까요. 어머니에게 "아버지 는 괜찮으세요?"라고 묻고 놀랄 것에 미리 대비를 하고 있었지요). 그런데 아버지의 심한 말 중에는 제가 기꺼이 듣고 싶어 했던 것도 있었어요. 아버지가 제가 아닌 다른 사람, 예를 들어 수년 동안 저와 사이가 좋지 않았던 엘리[9]에 대해서 말씀하실 때였지요. 아버지는 엘리에게 식사 때마다 "식탁에서 10미터는 떨어져서 앉아라, 이 뚱뚱한 계집애야."라고 역정을 내셨지요. 소파에 앉으시더니 농담을 하는 기색이라고는 전혀 없이 엘리가 얼마나 지저분하게 먹는지를 마치 그 아이가 철천지원수라도 되는 듯 과장되게 흉내 내셨고요. 아버지가 그럴 때마다 저는 넘치는 기쁨으로 축제를 할 만큼 이 상황을 사악하게 즐기고 있었습니다. 비슷한 일이 참 많이 반복되었어요. 그렇게 역정을 내서 사실상 얻으실 것은 하나도 없었는데 말입니다. 아버지가 사소한 일 하나 때문에 화를 내시는 것 같지는 않았어요. 단지 밥상머리에서의 일 때문에 화가 난 것이 아니라 작은 일을 빌미로 아버지가 품고 계시던 큰 분노가 터졌다는 느낌이 들었어요. 어떤 트집이라도 잡아 화를 내실 거라는 생각이 드니 우리도 특별히 위축되지는 않더군요. 심지어는 계속 협박을 받는 것에도 무뎌졌고요. 화를 내실 뿐 우리를 때릴 리는 없으시다는 것도 점차적으로 확실해졌습니다. 그러면서 우리는 투덜대고 산만하고 반항하는 어린이가 되어 갔어요. 도피처를 찾다가 결국 속으로만 끙끙 앓았지요. 우리 때문에 아버지도 고생하셨고, 우리도 고생했습니다. 꽉 다문 입술로 그르렁거리며 웃으시는 모습은 어린 나이에 생애 처음으로 지옥에 대한 생각이 들게 했지요. 그러고는 씁쓸

---

9) 카프카의 첫째 여동생.

하게 "세상살이가 바로 이런 것이다!"라고 말씀하시곤 했는데 (최근에는 콘스탄티노플에서 온 편지 때문에요), 아버지의 관점에서는 참으로 맞는 말씀이셨습니다.

자식들에게 이런 모습만 보이시던 아버지에게 신세 한탄이란 어울리지 않았어요. 솔직히 말씀드리자면, 어렸을 때 (물론 다 커서도) 아버지가 한탄을 하셔도 저는 아무런 감정이 느껴지지 않았고, 도대체 왜 동정심을 얻고 싶어 하시는지 전혀 이해가 되지 않았습니다. 모든 면에서 그렇게도 막강한 분이 우리의 동정심이나 도움이 어디에 쓸모가 있었겠습니까? 우리를 무시하셨으니 우리의 도움도 경멸하셨겠지요. 그래서 아버지의 한탄을 믿지 않았고, 그 뒤에 숨겨진 다른 의도를 찾으려고 애썼습니다. 아버지의 순수한 고민들이 당시에는 단지 교육과 멸시의 수단으로만 느껴졌고, 한참 후에야 아버지가 진심으로 자식들을 아끼신다는 것을 알았어요. 아버지의 교육은 어린아이가 모든 일을 사심 없이 받아들이는 것을 막는 부작용을 일으킨 겁니다.

다행히 예외도 있었지요. 아버지는 묵묵히 인내하는 모습을 보이시고, 그러면 모든 것이 사랑과 자비의 힘으로 극복되는 일도 일어나기는 했어요. 물론 드물긴 했지만 참 멋진 일이었지요. 더운 여름날 점심 식사를 하신 후에 지치셨는지 가게에서 팔꿈치를 책상에 올린 채 잠시 잠드신 모습을 본 적이 있어요. 매주 일요일, 더위에 지쳐서 우리가 지내고 있던 피서지에 찾아

오시기도 했지요. 어머니의 심각한 병에 대해 들으시고 책장을 꽉 붙든 채 몸을 들썩이며 우셨고, 지난번에 제가 아파서 오틀라의 방에 누워 있을 때는 저를 배려하시느라 문지방에서 얼굴만 비쭉 내민 채 간단히 손 인사만 하고 가셨지요. 이런 날에는 가만히 누워서 행복에 겨운 눈물을 흘렸고, 이렇게 글로 풀어내다 보니 다시금 눈물을 흘리게 됩니다.

자주 볼 수는 없었지만 아버지의 미소는 유난히 아름다웠습니다. 평온하고, 흐뭇해 보이고, 상대방을 진심으로 인정하는 미소였지요. 아버지의 미소는 보는 사람을 아주 행복하게 만들었어요. 제가 어렸을 때 미소를 지어 주신 적이 있는지 제대로 기억할 수는 없지만, 아마도 그런 적이 있었을 거예요. 아버지에게 저는 순수한 아들이자 큰 꿈이었는데 왜 그런 미소를 보여 주지 않으셨겠어요. 여하튼 아버지가 좋은 인상을 보여 주실 때면 제 죄의식은 더욱 커졌고 세상을 이해하기가 한층 힘겨웠습니다.

그래서 저는 사실적인 것과 지속적인 것에 더욱 집착했습니다. 아버지에게 저의 존재를 조금이나마 주장해 보기 위한 일종의 복수라고나 할까요. 별것 아닌 일에 아버지가 어리석게 행동하시는 것을 관찰하고 모으고 과장해 보았어요. 아버지는 지위가 높아 보이는 사람들에게 잘 현혹되시고, 그런 사람들에 대해 끊임없이 이야기를 늘어놓으셨지요. 황실 고문관 같은 사람들

말이에요(다른 한편으로는 참 마음이 아팠습니다. 제 아버지가 부질없는 일을 통해 당신의 가치를 증명하려고 하시다니요. 그토록 부질없는 일을 대단하게 여기시다니요). 큰 목소리로 점잖지 못하게 말하는 것도 즐기시더군요. 아버지는 무슨 재미난 이야기라도 한 양 웃으셨지만, 그냥 좀 속되고 무례한 말일 뿐이었어요(아버지는 그런 말로 아버지의 힘을 과시하셨지만, 저는 모욕감을 느꼈다고요). 그래도 저는 관찰하는 과정이 행복했습니다. 제가 다른 사람들과 밀담을 나누고 즐거워할 수 있는 계기였으니까요. 아버지는 가끔 눈치를 채시고 나쁜 짓, 예의 없는 짓이라며 화를 내셨지요. 그렇지만 믿어 주세요. 그건 그저 제가 자아 발견을 하려던 것이었을 뿐 그 이상은 아니었고, 예컨대 소시민들이 신이나 왕에 대해 퍼트리는 농담, 깊은 존경심의 표현이기도 한 그런 농담일 뿐이었어요.

아버지나 저나 처지가 비슷했기에 아버지도 나름의 반격을 시도하셨지요. 제가 귀하게만 컸고 너무 호강하고 산다고 생색을 내셨어요. 사실이기는 합니다만 저는 그런 환경을 잘 이용하고 있지는 않았던 것 같습니다.

어머니는 저에게 한없이 잘해 주셨어요. 하지만 아버지와 저의 관계에서는 잘되어 가는 것이 하나도 없었지요. 그러다 보니 어머니는 본인도 모르게 사냥에서 몰이꾼 역할을 하고 계셨어요. 말도 안 되는 아버지의 교육 방법이 저를 반항, 혐오, 심지어는 증오로 이끌어 저를 제 발로 우뚝 서게 만들 수 있었다면, 어머니는 선한 행동, 이성적인 말(어머니는 혼란스러운 제 어린 시절에 이성의 전형이셨어요), 간청으로 그 효과를 무효로 만들어 버렸고, 다시 저는 아버지의 굴레 속으로 되돌아갔습니다. 어머니만 아니었더라면 그 굴레에서 벗어났을 테고, 아버지와 저에게 더 좋았을지도 모르겠어요. 아버지와 도저히 화해가 안 되면 어머니는 저를 아버지로부터 몰래 지켜 주셨지요. 어머니가 아버지 몰래 무엇인가를 주고, 몰래 허락해 주고, 그러다 보면 저는 아버지가 부끄럽게 여기는 존재, 배신자, 죄책감에 둘러싸인 놈이 되었고, 저같이 하찮은 놈은 정당하게 얻을 권리가 있는 것조차 숨어서 몰래 얻어야만 한다고 생각해 버렸어요. 그런 생각에 익숙해지면서 제 것이 아닌 것까지 숨어서 얻으면 그만이라는 생각에 이르게 되었고요. 자꾸만 제 죄의식을 키우는 일이었지요.

아버지가 저를 한 번도 때리지 않은 것도 사실입니다. 하지만 버럭 소리를 지르며 시뻘게진 얼굴로 허리띠를 급하게 풀어 의자에 던져 놓는 것은 정말 싫었어요. 꼭 누군가는 허리띠에 목을 매야 할 것만 같았으니까요. 사람은 목이 매달리면 죽게 되어 있고, 그러면 모든 게 끝나는 것 같겠지요. 하지만 그 사람이 교수형 준비 과정을 다 겪어야 하고, 마침내 밧줄이 얼굴 앞에 드리워졌을 때, 바로 그때 사면을 받았다고 생각해 보세요. 그는 평생 그 후유증에 시달릴 거예요. 아버지가 보기에 매를 맞아 마땅한 짓을 제가 저질렀는데도 아버지의 자비로 매질을 면

할 수 있었을 때에는 제 죄의식만 더욱 커져 갔을 뿐이었어요. 모든 면에서 저는 아버지가 자비를 베푼 덕에 연명하는 셈이 되어 버렸으니까요.

전부터 아버지는 제가(저 혼자 있을 때뿐만 아니라 다른 사람들 앞에서도요. 제 자존심은 전혀 신경 쓰지 않으셨어요. 자식들의 일을 늘 공공연하게 떠벌리셨지요) 열심히 일하는 아버지 덕에 부족함 없이 평안하고, 따뜻하고, 풍족하게 산다며 비난하셨어요. 귀에 딱지가 앉도록 들은 말입니다.

"벌써 일곱 살 때부터 나는 마차를 몰고 마을을 돌아다녔다."

"우리 가족은 모두 한 칸짜리 방에서 자야 했다."

"감자 하나라도 얻으면 감지덕지했다."

"겨울옷이 변변치 않아 일 년 내내 다리에 상처를 달고 살았다."

"어릴 적부터 피세크까지 일을 하러 가야 했다."

"집에서는 돈 한 푼 못 받았다. 군대에서도 마찬가지였지. 오히려 내가 집으로 돈을 부쳤다."

"그렇지만, 그렇지만 아버지는 나에게 있어 늘 아버지였다! 요즘은 아무도 그걸 몰라! 어린애들이 뭘 알겠느냐! 아이들은 아무 신경도 쓰지 않지. 그런 걸 아는 애가 하나라도 있나?"

다른 상황에서 이런 이야기를 일삼으셨다면 대단한 교육 방식이 될 수 있었을 것 같습니다. 자식들도 아버지가 겪어야 했던 고민거리와 궁핍에 시달리고 있었더라면 말이에요. 우리는 그 상황을 기꺼이 극복하면서 더욱 강해질 수도 있었겠지요. 그렇지만 아버지는 자식들이 그런 상황에 처하는 것을 원하지도 않으셨잖아요. 아버지가 일궈 내신 결과로 저는 아버지와는 다른 유년 시절을 보낼 수 있었고, 아버지처럼 역경을 이겨 내는 모습을 보여 드릴 기회는 애당초 주어지지 않았어요. 억지로 가출이라도 했으면 모를까요(제가 그럴 만한 결단력과 힘을 지니고 있고, 어머니도 가출을 막지 않는다면요). 그러나 아버지는 그것도 원하지 않으셨어요. 이치에 어긋나는 배은망덕한 일이라고 하셨고, 아버지에게 반기를 드는 미친 짓이라고도 표현하셨어요. 아버지의 고생담을 들려주시며 우리를 면목 없게 만드셨지만, 다른 한편으로는 우리의 행동을 아주 엄격하게 통제하셨어요. 그렇지 않았더라면 오틀라가 취라우에서 했던 모험에 진심으로 기뻐하셨을 겁니다. 오틀라는 원래 아버지의 고향이던 시골에서 아버지처럼 일하며 고생도 해 보고 싶어 했어요. 젊은 시절의 아버지처럼요. 아버지가 일궈 낸 것을 받고만 있지 않겠다던 아이였어요. 아버지가 할아버지로부터 독립했던 것처럼요. 그것이 그렇게도 나쁜 계획이었나요? 아버지의 가르침과 이상으로부터 그렇게 동떨어졌었나요? 그렇다고 해 두지요. 오틀라의 계획은 결국 실패로 끝났고 좀 우스워지긴 했어요. 공연히 소란만 일으킨 셈이 되었고, 부모님의 입장을 충분히 헤아리지 못한 오틀라의 탓도 있었지요. 그렇지만 오틀라만의 잘못이었을까요? 상황의 탓도 있지 않을까요? 무엇보다도 아버지가 오틀라에게 서먹하게 대하셨기 때문은 아니었을까요? 오틀라가 가게 일을 도우면서는 취라우에 있을 때보다 아버지와 좀 더 가까워졌던가요(나중에 아버지가 주장하셨던 것처럼요)? 아버지가 격려와 조언을 해주셨더라면, 조용히 지켜봐 주기만 했더라도(그러려면 아버지가 당신 자신을 극복할 수 있어야 했겠지요) 오틀라의 모험으로부터 아주 괜찮은 결과가 나오지 않았을까요?

이런 일에 대해 아버지는 늘 쓸쓸하게 비꼬면서 우리가 호강에 겨웠다고 뼈 있는 농담을 일삼으셨습니다. 아버지가 쟁취해야 했던 것을 우리는 아버지로부터 쉽게 건네받았어요. 하지만 아버지가 이미 어릴 때에 싸워서 이겨 낸 치열한 바깥세상을 우리라고 영원히 피해 다닐 수만은 없었고, 결국 우리는 다 큰 어른이 되어서야 어린아이의 힘밖에 갖지 못한 채 바깥세상과 싸워야 했습니다. 우리가 아버지보다 불리한 환경에 처해 있다고 말하고 있는 게 아니에요. 오히려 아버지와 우리의 상황은 비슷한 구석이 있었어요(기본 성향을 비교한 것은 아니지만요). 우리도 자라면서 아버지만큼 고난을 겪었습니다. 다만 아버지처럼 남들을 무시하면서 자랑스럽게 내세울 수 있는 고난이 아니었을 뿐이에요. 아버지가 물려주신 환경을 충분히 즐기고, 잘 활용하고, 아버지가 원하는 방향으로 계속 일을 할 수도 있었음을 부정하지는 않겠습니다. 하지만 소외감이 우리를 가로막았지요. 아버지의 결실을 누리면서도 죄책감, 수치심, 나약함과 같은 복잡한 감정이 우리를 괴롭혔다고요. 저는 모든 일에 대해 비참한 마음으로 아버지에게 감사해야 했고, 감사하는 마음을 행동으로 표현할 수조차 없었습니다.

　다음으로 나타난 아버지의 교육 효과는 제가 조금이라도 아버지를 떠올릴 수 있는 것은 모두 피하게 되었다는 것입니다. 첫 번째가 가게였어요. 가게 자체는 구멍가게였을 때까지는 정말 즐거운 장소였지요. 활기차고, 밤에는 불이 번쩍거리고, 볼 것과 들을 것도 많고, 여기저기에 도움을 주고, 가격표도 붙여 보고, 무엇보다도 일하는 아버지의 모습을 동경할 수 있는 곳이었어요. 아버지는 타고난 상인이셨기에 능숙하게 물건을 팔고, 사람들을 대하고, 농담을 건네고, 부지런히 일하고, 어떤 상황이 닥쳐도 결단력 있게 행동하셨어요. 물건을 포장하고, 제품 상자를 열고 닫는 과정도 정말 볼만한 광경이었고요. 이 모든 것이 저에게는 꽤 괜찮은 학교가 되었어요. 그렇지만 아버지는 점점 저를 기겁하게 하셨고, 가게와 아버지가 하나처럼 느껴지면서부터 가게가 저에게는 더 이상 편한 장소가 아니었어요. 처음에는 그냥 당연하다고 느꼈던 일들이 저를 자꾸만 괴롭히고 수치스럽게 했어요. 무엇보다도 아버지가 점원을 다루는 것을 보는 일이 힘들었어요. 어쩌면 다른 가게 분위기도 다 그랬는지도 모르겠지만요(그러고 보니 제가 일반 보험회사에서 일할 때에도 상황은 비슷했네요. 저는 욕설을 도저히 견딜 수가 없으니 회사를 그만두겠다고 과장에게 말한 적이 있었어요. 저한테 하는 욕도 아니었는데 말이지요. 저는 이미 집에서부터 욕설에 아주 예민했으니까요). 하지만 어린아이한테 다른 가게 분위기가 무슨 상관이었겠어요. 저는 그저 아버지가 가게에서 소리를 지르고 욕하고 분노하는 것을 보았을 뿐이고, 이건 정말 세상 어디에서도 다시 나타날 수 없을 만큼 끔찍한 일이라고 느꼈습니다. 욕뿐만 아니라 폭군 같은 행동도 일삼으셨잖아요. 이미 차곡차곡 분류해 놓은 물건들을 책상에서 휙 내던지셨지요. 점원들은 아버지가 던진 물건들을 다시 주워서 정리해야 했고요. 아버지가 워낙 화가 나셔서 잠깐 이성을 잃으셨다는 것만이 아버지의 행동에 대한 변명이었어요. 폐병에 걸린 점원을 향해서는 이런 말도 여러 번 하셨지요.

"뒈져라, 병든 개야!"

점원들을 '돈 받아가는 원수'라고 부르셨고, 정말 그런 면도 좀 있긴 했지만 제 눈에는 점원들이 실제로 원수가 되기 전부터 그 사람들에게는 아버지가 '돈 주는 원수'으로 보였던 것 같습니다. 가게에서 일어나는 일을 보면서 저는 아버지도 부당할 수 있다는 큰 깨달음을 얻게 되었지요. 저와 관련된 일만을 통해서는 이렇게 빨리 깨닫지 못했을 겁니다. 제 죄책감이 너무도 컸기에 아버지의 행동이 제 눈에는 늘 정당하게 보였으니까요. 점원들은 우리 식구를 위해 일하는 것도 모자라 아버지에 대한 끊임없는 두려움 속에 살아가야 하는 불쌍한 사람들이었어요. 나중에는 물론 다른 생각도 좀 들었지만, 그렇다고 제 생각이 완전히 바뀐 것은 아니었어요. 물론 제가 좀 과장을 했던 것도 사실이에요. 점원들에게도 저만큼이나 아버지가 아주 두려운 존재일 것이라고 넘겨짚었으니까요. 하지만 그 사람들이 저만큼 아버지를 두려워했다면 버텨 내기가 힘들었을 겁니다. 그래도 점원들은 신경이 무딘 어른들이기에 아버지의 욕을 그냥 한 귀로 흘려버릴 수 있었고, 그 사람들한테 했던 욕은 결국 아버지에게로 되돌아와 아버지에게 더 해가 되었지요. 여하튼 저는 이런 이유로 가게가 감당이 되지가 않았어요. 가게 곳곳에서 저와 아버지의 관계를 비추어 볼 수 있었으니까요. 아버지는 사업적 이익과 지배욕도 뛰어났지만, 그 전에 이미 그 누구보다도 장사꾼으로 타고난 분이셨어요. 그러다 보니 아버지에게 일을 배웠던 사람들이 모두 아버지의 눈에는 차지 않았겠지요. 마찬가지로 저에 대해서도 늘 불만족스러우셨을 거구요. 그러니 저는 점원들의 편에 설 수밖에 없었습니다. 아버지가 남에게 어떻게 그런 욕을 할 수 있는지 이해할 수가 없어 두려움에 떨면서 제 자신의 안전을 위해서라도 끔찍한 대우를 받은 점원들을 아버지와 우리 가족과 화해시켜야 한다는 생각이 들었어요. 제 겸손함을 뽐내려고 그런 게 아니었습니다. 직원들에게 점잖게 대하는 것으로는 부족했지요. 아예 비굴해야 했어요. 먼저 인사를 건넬뿐 아니라 직원들이 혹시라도 답례 인사를 하지 않도록 제가 먼저 피해 버렸어요. 하지만 그들에게 존재감이 없는 제가 아무리 납작 엎드려 그들의 발을 핥는다고 해도 주인인 아버지가 그 사람들 위에서 채찍질하시는 것을 상대할 수는 없었겠지요. 제가 점원들의 편에 서게 된 것은 가게뿐 아니라 미래에까지 계속 영향을 미쳤어요(오틀라가 하녀와 동석해 아버지를 화나게 하는 등 가난한 사람들과 친하게 지내던 것은 제 경우와 비슷하긴 했지만 훨씬 덜 위험하고 덜 극단적이었어요). 급기야 저는 가게를 두려워하기에 이르렀고, 김나지움[10]에 들어가기도 전에 가게를 이어받고 운영하는 것은 이미 제 손을 떠난 일이 되어 버렸지요. 제 능력으로는 가게를 감당할 수 없었어요. 아버지의 말씀대로 그건 아버지가 벌어 둔 재산을 탕진하는 일이었을 테니까요. 아버지는 제가 아버지의 작품인 가게를 싫어한다는 사실에 속상해하시며 아버지 자신을 위해 약이 될 약간의 변명거리를 찾으시더군요(지금 생각해 보면 감동적이고도 부끄러운 일입니다). 저에게는 장사꾼 기질이 부족하고, 저는 더 고귀한 생각을 지닌 아이라고 하셨지요. 어머니는 물론 아버지의 억지 해명을 기쁘게 받아들이셨어요. 저 또한 당시에 나름의 위기감을 느꼈고, 허영심도 있었기에 아버지의 말씀에 영향을 받을 수밖에 없었고요. 하지만 아버지는 정말 고귀한 생각 때문에 저를 (솔직히 이제는 제가 정말 싫어하는) 가게에서 몰아내셨나요? 그렇다고 하더라도 그 '고귀한 생각' 은, 제가 두려움에 사로잡혀 김나지움과 법학 공부의 늪을 소리 없이 떠돌다가 결국 공무원 책상에 정착하게 된 것과는 다른 방식으로 실현되었어야 하지 않을까요?

아버지로부터 벗어나려면 가족들에게서도 벗어나야 했고, 어머니마저 떠나야 했어요. 어머니의 보호를 받을 수는 있었지만, 그 과정에서는 늘 아버지를 통해야 했지요. 어머니는 아버지를 너무나 사랑하셨고, 아버지에게 충실한 아내이셨기에 자식이 아버지와 대립하는 문제에 독자적인 힘을 발휘하지는 못하셨

---

10) 유럽의 중등 교육 기관. 한국의 중학교와 고등학교를 합친 과정.

습니다. 어머니의 사랑을 갈구하는 것은 자식으로서의 본능이었지만, 어머니는 세월이 흐를수록 아버지에게 더욱 더 예속되시더군요. 어머니는 당신과 직접 관련된 문제는 고상하고 우아하게 아버지의 심사를 건드리지 않으면서도 독립적으로 처리할 줄 아는 분이셨어요. 그러나 시간이 지나면서 이성보다 감성을 더 따르시더니, 아이들에 관해서는 아버지의 편견과 비난을 맹목적으로 수용하셨지요. 특히 오틀라처럼 힘든 경우에 그렇게 행동하셨어요. 그래도 절대 잊지 말아야 할 것은 우리 가족 중 어머니가 항상 마지막까지 괴롭고 지치는 위치에 계셨다는 겁니다. 가게에서나 집에서나 내내 들볶이셨고, 가족들이 아플 때는 두 배로 같이 아파하셨지요. 그중에서도 아버지와 저 사이에서 괴로워한 것이 어머니가 느끼신 고통의 정점이 아니었을까 싶습니다. 아버지는 늘 어머니를 사랑하고 배려하셨지만, 자식 문제에 있어서만은 우리만큼이나 어머니를 괴롭히셨어요. 우리 가족은 가차 없이 어머니를 들볶았지요. 아버지는 아버지대로, 우리는 우리대로. 나중에는 나쁜 감정은 둘째 치고 전쟁터 같은 상황 그 자체에 열중하게 되더군요. 그러고는 모든 것을 어머니에게로 쏟아부었어요. 아버지가 본인 잘못은 하나도 없다며 우리 문제로 어머니에게 호통을 치는 것도 우리에게 교육적으로 좋을 리가 없었지요. 아버지와의 갈등 때문에 우리는 어머니에게 절대 용납될 수 없을 행동을 하기도 했어요. 그러고는 우리의 행동이 정당하다고 생각해 버렸지요. 어머니는 아버지 때문에 우리로부터, 그리고 우리 때문에 아버지로부터 얼마나 고통스러우셨을까요? 아버지 말씀대로 어머니가 우리를 지나치게 감싸서 좀 버릇없게 만들긴 했지요. 하지만 우리의 '버릇없는' 행동은 아버지의 체제에 대항하는 무의식적이고 조용한 시위였던 적도 있습니다. 물론 어머니는 우리에 대한 사랑과 그 사랑의 기쁨으로 모든 상황을 인내할 힘이 있었기에 이 모든 일을 감당해 낼 수 있었던 겁니다.

여동생들은 저와 부분적으로만 생각이 비슷했지요. 아버지와 가장 좋은 관계를 유지했던 것은 발리였어요. 어머니와 비슷하면서 아버지와도 닮아 크게 힘들거나 어려울 일이 없는 아이였지요. 발리에게 카프카적 기질이 많지 않았음에도 아버지는 어머니를 생각해 발리에게 더 따뜻하게 대하시더군요. 오히려 그런 기질이 없기에 아버지와 더 잘 맞았는지도 모르겠어요. 카프카적 기질이 전혀 없다면 요구조차 하지 않으시니까요. 아버지가 나머지 자식들을 보면서는 뭔가를 잃고 있다는 생각이 들어 강압적으로라도 구해 주려고 하셨던 것 같아요. 하지만 발리는 예외였지요. 여자들이 카프카적 기질을 보이는 것을 특별히 반기지도 않으셨던 것 같고요. 발리와 아버지의 관계는 다른 남매들이 방해하지 않았더라면 심지어는 더 좋았을지도 모르겠습니다.

엘리는 아버지의 손을 떠난 유일한 아이지요. 어렸을 적의 모습만 봐서는 절대 그럴 것 같지 않은 아이였는데 말입니다. 어

리버리하고, 늘 지쳐 있고, 겁에 질려 있고, 의욕도 없고, 죄의
식에 차 있고, 지나치게 순종적이고, 냉소적이고, 게으르고, 군
것질만 해 대고, 인색했으니까요. 같이 살면서도 엘리의 얼굴을
보는 일은 드물었고, 대화도 별로 하지 않았어요. 엘리를 보면
제 자신이 떠오르더군요. 우리는 같은 교육 공동체 안에서 닮아
가고 있었던 것 같습니다. 엘리의 인색함은 정말 보기 싫었어
요. 아마도 제가 엘리보다도 더 인색했기에 그랬겠지요. 인색함
이란 불행의 정확한 표시였으니까요. 어릴 적 저는 모든 사물에
대해 불안해했습니다. 이미 제 손안에 또는 입안에 들어온 것들
만이 사실상 제 것이었지요. 엘리는 제가 이렇게 어렵사리 갖
게 된 것들만을 빼앗으려 들었고요. 그런데 어린 나이에 —이것
이 가장 중요합니다— 집을 떠나 결혼을 하고 아이를 낳으면서
모든 것이 변했지요. 엘리는 행복해졌고, 용감해졌고, 베풀 줄
알게 되었고, 다른 사람을 잘 챙기고, 희망에 찬 사람이 되었어
요. 그런데도 아버지는 엘리의 변화를 전혀 알아채지 못하시더
군요. 엘리가 이뤄 낸 성과를 눈앞에서 보고도 모르셨다니 정말
믿지 못할 일입니다. 아버지가 엘리를 원망하시는 마음이 그만
큼 컸기 때문이겠지요. 아버지는 당신의 생각을 바꿀 마음이 전
혀 없으셨어요. 엘리가 이제는 우리와 같이 살지도 않고, 펠릭
스와 카를[11]에 대한 아버지의 사랑 덕에 엘리에 대한 원망은 이
제 좀 덜 중요한 문제가 되었지만요. 게르티[12]만이 아버지의 남

---

11) 엘리의 아들들.
12) 엘리의 딸.

은 원망 때문에 가끔 곤욕을 치르고 있더군요.

　오틀라에 대해 감히 써내려 가려고 합니다. 오틀라 이야기를 꺼내면 제 편지의 전체적인 의도가 위태로워질 것은 알고 있습니다. 오틀라가 심하게 궁지에 몰렸다거나 위험에 처했을 때를 빼고는 평상시에 아버지가 오틀라에게 보여 주신 감정이라고는 증오심뿐이었어요. 오틀라는 일부러 아버지를 괴롭히고, 화나게 하고, 아버지가 자기 때문에 힘들어하는 것을 만족스러워하고 즐거워한다고 저에게 말씀하셨던 적이 있지요. 아버지에게 오틀라는 악마 같은 아이였습니다. 그런 터무니없는 오해를 하시다니 부녀 사이에 저와 아버지 사이보다도 얼마나 더 큰 괴리가 있었던 것일까요? 부녀간의 정신적 거리가 너무도 멀리 떨어져 있기에 아버지는 오틀라의 실체를 보지 못하셨어요. 그 대신에 아버지가 추측한 오틀라의 자리에 유령을 앉혀 놓으셨지요. 오틀라를 대하는 것을 특히나 어려워하셨다는 것은 인정합니다. 저도 복잡한 성격의 오틀라를 완전하게는 파악하지 못했지만, 그 아이는 뢰비 가문의 피를 타고났고 최상의 카프카적 무기로 무장한 것 같습니다. 아버지와 저 사이에는 사실 싸움이 성립할 수 없었어요. 제가 금방 패했으니까요. 남는 것은 저의 도피, 비참함, 슬픔, 내적인 싸움이었습니다. 그에 비해 아버지와 오틀라는 늘 팽팽한 전투태세를 갖추고 있었지요. 참 대단하다 싶으면서도 절망적인 광경이었어요. 오틀라와 아버지는 원래 아주 가까운 사이였지요. 아버지와 어머니 사이를 이어 준

힘의 가장 완벽한 결정체가 우리 네 남매 중 바로 오틀라였으니까요. 무엇 때문에 부녀 사이의 조화로운 행복이 무너졌는지 모르겠습니다. 제 경우와 비슷한 발전 단계를 겪었다고 믿는 편이 좋겠지요. 아버지식의 폭정과 오틀라식의 뢰비적인 고집, 예민함, 정의감, 불안이 맞부딪쳤고, 두 사람의 기질은 모두 카프카적 힘에 바탕을 두고 있었지요. 저도 물론 오틀라에게 영향을 끼쳤지만 그것은 제 의지가 아니었어요. 제가 존재한다는 사실 자체가 영향을 주었지요. 어쨌든 오틀라는 이미 존재하던 아버지와 자식들과의 권력관계에 가장 마지막으로 합류했고, 그 아이는 이미 겪었던 일을 토대로 아버지가 본인을 어떻게 평가하실지를 스스로 알아차리더군요. 아버지의 품에 안겨야 할지 아버지의 반대편에 서야 할지 오틀라의 성격상 아주 혼란스러웠을 거예요. 망설이는 오틀라를 밀쳐 낸 건 아버지셨지요. 제가 동맹군을 하나 잃더라도 두 사람이 화해한 모습을 보았다면 충분히 보상받은 기분이었을 텐데요. 오틀라라면 자식으로서 뜻밖의 기쁨을 선사했을 테고, 아버지는 만족했을 거예요. 그리고 아버지는 저에게도 긍정적인 방향으로 변하셨겠지요. 그러나 이 모든 일은 그저 저의 희망 사항에 그쳤습니다. 오틀라는 아버지와의 교류를 끊고 저와 마찬가지로 혼자서 길을 찾아야 했으니까요. 저에 비해 훨씬 더 확신에 차고, 자신감이 넘치고, 건강하고, 추진력이 있기에 오틀라가 아버지의 눈에는 저보다 더 못된 반역자로 보이는 겁니다. 이해합니다. 아버지의 눈에는 오틀라가 달리 보일 수가 없겠지요. 오틀라는 아버지의 눈으로 자기 자신을 바라볼 수 있는 능력을 가졌어요. 그래서 아버지의 고통을 함께 느꼈고, 그로 인해 절망하지는 않았지만 ―절망은 제가 잘하는 짓이잖아요― 매우 슬퍼했어요. 우리가 겉보기에는 반항적으로 자주 서로 붙어 앉아서 속닥거리고 웃고 아버지를 들먹이는 것으로 보셨지요. 그래서 우리가 버릇없이 작당한다고 말씀하셨어요. 물론 아버지가 우리의 생각과 대화의 주 소재이긴 했어요. 하지만 우리가 모여 앉아서 아버지를 비난할 생각만 했던 것은 아닙니다. 오히려 재미있게, 진지하게 사랑과 반항심과 울화와 반감과 복종심과 죄책감을 다 쏟아서, 머릿속과 마음속에 있는 모든 힘을 기울여서 아버지와 우리 사이에서 벌어지는 이 끔찍한 재판에 대해서 있는 힘을 다해 하나하나 모든 면을 다 생각하고 모든 이유를 캐고, 과거의 일부터 현재의 일까지 함께 이야기하고 있었던 거예요. 그 재판에서 아버지는 늘 당신이 판사라고 주장했지만, 상당 부분(여기에서 저는 제가 맞닥뜨릴 수 있는 모든 오해의 문을 열어 놓습니다) 아버지는 우리만큼이나 약하고 생각이 부족하셨습니다.

아버지의 교육 효과를 잘 배울 수 있었던 예가 이르마의 경우였어요. 이르마는 한편으로는 남이었어요. 다 커서 아버지의 가게에 들어왔고, 아버지를 사장으로 모셨지요. 반항을 할 만한 나이가 되어서야 부분적으로만 아버지의 영향권에 들어왔어요. 다른 한편으로는 이르마도 피를 나눈 가족이었어요. 이르마는 자기 아버지의 형제로서 아버지를 존경했고, 아버지는 이르마에게 사장 이상의 큰 힘을 지니고 계셨어요. 이르마는 체질은 약했지만 유능하고, 똑똑하고, 부지런하고, 겸손하고, 믿을 만하고, 이타적이고, 충실하고, 아버지를 삼촌으로서 사랑하고 사장으로서 존경하면서 어떤 때에나 당당할 줄 아는 아이였어요. 그럼에도 불구하고 아버지에게는 괜찮은 직원이 아니었지요. 물론 우리가 분위기를 그런 식으로 좀 몰아가기도 했지만, 이르마는 아버지 앞에서 그저 어린애처럼 굴기 시작했어요. 아버지라는 존재에 서려 있는 힘이 이르마에게 얼마나 컸던지 그 아이는 남을 등한시하고, 무시하고, 비꼬며 놀리고, 반항하더군요(아버지 앞에서만 그랬던 것이고, 어린아이가 너무 많이 힘들어하지는 않았기를 바랍니다). 이르마는 몸이 안 좋았고, 원래부터 아주 행복한 아이는 아니었고, 절망적인 집안 상황이 이르마에게 부담이 되고 있었다는 사실을 여기에서 헤아리지는 않겠습니다. 아버지의 다양한 인간관계를 관찰할 수 있었던 이르마와의 관계를 아버지는 "성녀 계집애[13]가 나한테 추잡한 것만 남기고 갔다."라는 단 한 마디로 축약해 버리셨어요. 거의 신성모독에 가까웠던 아버지의 이 말은 우리에게 고전이 되어 버린 동시에 아버지가 다른 사람을 대하는 데에 얼마나 죄책감이 없는지를 잘 증명해 주는 것이었지요.

아버지의 영향과 그에 대항한 싸움에 대해 더 자세히 설명할

---

13) 이르마는 어머니가 죽은 후 카프카의 집에 오게 되었으므로 '성녀 계집애'는 이르마의 어머니를 가리킴.

수도 있겠지만, 저는 시작부터 자신이 없어져서 결국에는 이야기를 억지로 꾸며 내게 될 것 같습니다. 아버지는 가게와 가족으로부터 멀어질수록 그만큼 친절하고, 관대하고, 신사적이고, 배려심이 많은 분이 되셨어요(겉으로만 말입니다). 그건 마치 독재자가 국경을 벗어나면 폭정을 휘두를 이유가 없어져서 낮은 계층의 사람과도 잘 어울릴 수 있는 것과 마찬가지였다고나 할까요. 실제로 아버지가 프란첸스바트에서 찍은 단체 사진을 보면 얼굴을 찌푸린 왜소한 사람들 사이에서 마치 여행길의 왕처럼 당당하고 즐거운 모습으로 서 계시더군요. 자식들도 아버지의 그런 성격을 유리하게 써먹을 수도 있었겠지요. 그러려면 어릴 적부터 일찍이 그 사실을 깨달았어야 했는데 그건 불가능한 일이었습니다. 그리고 저는 아버지 영향의 사슬에 꽁꽁 묶인 채 언제까지나 살면 안 된다는 것을 알았어야 했는데, 그 사실을 깨닫지 못한 채 지금까지 아버지의 영향 속에 살아오고 있었던 겁니다.

이런 과정에서 저는 아버지의 말씀처럼 가족애를 잃은 것이 아니라 오히려 반대로 가족에게 마음을 많이 쓰고 있었고, 그러다 보니 아버지로부터 내면적인 독립을 하려고 해도 결국은 실패로 돌아갔습니다. 아버지의 영향 때문에 가족 이외의 사람들과의 인간관계마저도 힘겹기만 했어요. 제가 다른 사람들을 위해서는 사랑과 의리로 무슨 일이라도 하고, 가족들에게만 냉정한 태도를 보이며 아무것도 하지 않는다고 믿으신다면 그건 정말 오해예요. 벌써 열 번째로 말씀드립니다. 어느 곳에서나 저는 인간을 혐오하는 소심한 인간이 되었을 것입니다. 그러나 그곳에서부터 제가 원래 비롯되었던 곳으로 가는 길은 훨씬 더 길고 더 어둡겠지요(이 편지에는 제가 의도적으로 짚고 넘어가지 않은 일들이 거의 없습니다. 하지만 지금부터는 어떤 일들에 대해서 다시 침묵해야겠지요. 그 일들을 -아버지와 제 자신 앞에서- 밝히기란 아직은 어렵기 때문입니다). 제가 이런 말씀을 드리는 이유는, 이로써 이 편지의 전체적인 그림이 좀 불분명해지더라도 그것이 저의 증명이 부족한 탓이라고 생각하지 말아 주셨으면 하는 마음에서입니다(전체적인 그림을 극단적으로 증명할 수 있는 수단은 많지만 적절한 말을 찾는 것이 쉽지 않지요). 지금은 이전의 일을 되짚어 보는 것으로 충분합니다. 저는 아버지 앞에서 자신감을 잃고, 자신감을 무한한 죄의식과 맞바꾸었어요(무한한 죄의식을 떠올리며 저는 예전에 어떤 사람에 대해 이렇게 썼습니다. '수치심이 그 자신보다 더 오래 살까 봐 그는 두려워한다'). 다른 사람들과 같이 있어도 제 성격은 변하지 않았어요. 오히려 남들 앞에서 저는 더욱 깊은 죄책감을 느꼈어요. 아버지가 점원들에게 잘못을 저지르시면 저도 책임이 있다고 생각했고, 저라도 그 사람들에게 보상을 해야 한다고 생각했습니다. 게다가 아버지는 제가 알고 지내는 모든 사람들에 대해 비난만을 일삼으셨으니, 저는 그 사람들에게도 사죄해야 했어요. 아버지는 가게에서나 집에서나 사람들에 대한 불신을 저에게 가르치려 드셨어요(어릴 때 제가 좋아했던 사람들 중 아버지가 적어도 한 번이라도 바닥까지 비난하지 않았던 사람이 있으면 대 보세요).

아버지에게 불신은 마음의 짐이 전혀 아니었습니다(아버지는 남을 불신하는 일을 견디기에 충분히 강하셨고, 어쩌면 불신은 독재자의 상징일 뿐이지요). 어린 제 눈으로는 다른 사람을 불신해야 할 이유를 찾을 수 없었어요. 제가 보는 사람들은 모두 범접할 수 없을 만큼 뛰어난 사람들이었거든요. 그래서 아버지로부터 배운 불신은 제 안에서 머무르다가 결국 제 자신에 대한 불신이 되어버렸지요. 심지어는 저를 빼고는 모두 대단한 사람들인 것 같아 사람 자체를 두려워했고요. 그러니까 저는 대인 관계에 있어서도 아버지를 벗어날 수가 없었던 겁니다. 아버지는 제가 어떤 사람들과 알고 지내는지 전혀 모르셨습니다. 그래서 불신과 질투심에 차서(이렇게 말한다면 제가 아버지의 사랑을 부정하는 것인가요?) 제가 밖에서는 다를 것이라는 착각을 하셨어요. 제가 가족에게서 느낀 부족함을 어디 다른 데서 보상받고 있을 것이라고 생각하셨겠지요. 하긴 밖에서도 집에서와 똑같이 행동하기란 불가능해 보였을 테니까요. 어쨌든 이렇게 제 자신을 불신하면서 어린 시절에는 마음속으로 위안을 얻기도 했습니다. 제 자신에게 속으로 이렇게 되뇌었지요. '너는 과장하고 있어. 이 나이에는 다들 그러잖아. 작은 일을 너무 크게 받아들이지.' 나중에 세상을 더 많이 겪으면서는 이런 위안도 소용이 없어졌지만요.

유대교 안에서도 역시 아버지를 피할 수는 없었어요. 유대교 자체를 통해 구원을 받는 것은 가능했을 것도 같습니다. 우리 두 사람이 유대교를 통해 서로를 이해하거나 마음이 맞았을 수도 있겠지요. 그러나 아버지가 전해 주신 유대교라는 것은 도대체 무엇이었던가요! 저는 커 가면서 세 가지의 유대교를 알게 되었습니다.

　어렸을 때는 아버지가 시키신 대로 성전에 자주 나가지도 않고, 금식도 하지 않는 제 자신이 나쁘다고 생각했어요. 그런데 사실은 제 자신이 아니라 아버지에게 잘못을 하고 있다는 생각이 들었고, 늘 죄의식에 시달렸지요.

　그 후 청년이 되어서는 아버지 생각에도 이미 보잘것없어진 유대교 때문에 왜 저를 자꾸 책망하시는지 이해할 수 없었어요. (아버지 표현대로라면 경건한 마음으로) 그 보잘것없는 것들을 알려고 노력하지 않는다며 비난하셨어요. 제가 보기에도 정말 보잘 것없고 우스운 것 같았어요. 아니, 우스운 것조차 못 되었지요. 아버지는 일 년에 사흘쯤 성전에 가셨어요. 독실한 사람들보다는 좀 무관심한 사람들 편에 속하셨지요. 형식적인 기도를 인내심 있게 마치시고는 금방 낭송되었던 부분을 기도서에서 집어내셔서 저를 깜짝 놀라게 하실 때도 있었어요. 성전에서만은(성전까지 가는 것이 중요했으니까요) 할 일 없이 죽치고 있는 것을 허락해 주셨지요. 저는 하품을 하면서 꾸벅꾸벅 졸았어요(그 이후로 그렇게 지루한 적은 무용 시간밖에 없었지요). 그러다가 사소하게 기분 전환할 거리를 찾았는데, 이를테면 율법서 궤[14]가 열리는

─────────────
14) 십계명이 새겨진 석판이 들어 있음.

모습을 보며 오락 사격장을 떠올렸지요. 오락 사격장에서는 흑점을 맞추면 서랍이 열리면서 흥미로운 물건들이 나오는데, 성전에서는 머리 없는 낡은 인형들만 계속 나오더군요. 한편으로 사원은 저를 두렵게 하는 곳이기도 했어요. 많은 사람들과 가깝게 접촉하는 것은 당연히 제가 겁내는 일이었고, 아버지가 지나가는 말로 제가 모세 율법서를 독송하게 될 수도 있다고 말씀하셨기에 독송을 하게 될까 봐 수년간을 불안에 떨었지요. 그 밖에는 제가 지루해하는 동안에 그 무엇도 저를 건드리지 않았어요. 단지 아주 소소한 돌발 상황들, 즉 성인식 때문에 우스꽝스러운 암기를 하고 우스꽝스러운 평가를 받았던 일, 아버지가 독송을 하게 되셨는데 무사히 마치신 일, 추모제가 열리는데 아버지만 성전에 머무르시고 저를 집에 보내 버리신 일 정도만이 지루해하던 저를 잠시 방해했을 뿐이었지요. 적극적으로 참여를 하지도 않았고, 저 혼자만 집에 보내 버리시기에 무의식중에 제가 좀 불경스러운 것 같다는 생각을 하기도 했어요. 성전에서는 여하튼 그런 식이었고, 집에서는 신앙생활에 더욱 건성이었어요. 쎄데르[15]를 지내는 정도가 전부였는데, 이 의식마저도 우리들이 커 가면서는 발작적인 웃음을 유발하는 하나의 코미디가 되어 버렸어요(아버지가 왜 그냥 넘어 가셨을까요? 그런 행동의 원인은 아버지에게 있었기 때문이지요). 제가 전수받은 신앙이란 이런 것이

---

15) 쎄데르(Seder)는 유월절 절기 첫날 저녁에 열리는 의식적이고 긴 식사. 대가족이 한 식탁에 둘러앉아 하가다(Haggadah, 유대교에서 전설이나 격언을 포함하는 랍비 문학 형태)를 읽고, 무교병과 쓴 허브 먹기, 네 잔의 포도주 마시기, 같이 노래 부르고 식사하기 등과 같은 의식을 치른다.

었습니다. 기껏 덧붙여 봤자 중요한 축제일에 아버지와 함께 성전을 찾았다는 '백만장자 폭스의 아들들'을 손으로 가리켜 주시는 정도였지요. 그래서 저는 가능한 한 빨리 신앙을 버리는 것보다 더 나은 일을 생각해 낼 수 없었고, 유대교를 저버리는 것이야말로 가장 경건한 행위처럼 느껴졌습니다.

그러나 그 이후에는 생각을 달리 했지요. 그리고 종교 문제로 제가 아버지를 악의적으로 배반했다고 믿으시는 이유를 알게 되었습니다. 아버지는 게토와 같은 작은 마을 공동체에서부터 유대교를 믿기 시작하셨지요. 신앙심이 아주 깊었던 것은 아니었기에 도시에 살면서는 신앙생활을 좀 소홀히 하셨고, 군복무 중에는 젊은 시절의 인상과 기억에 의지해 아주 간신히만 신앙생활을 이어 가셨지요. 아버지는 원래 유대교의 힘을 별로 필요로 하지 않는 분이셨고, 워낙 강하게 타고나셨기에 사회적인 생각이 종교적인 생각과 충돌해도 종교적 생각에 의해 흔들리지는 않으셨어요. 아버지의 삶을 이끄는 신앙이란 곧 특정한 유대인 계층의 의견이 절대적으로 옳다는 믿음이었는데, 아버지의 의견은 이 계층과 일치했기에 결국 아버지는 당신 자신을 믿으셨지요. 아버지의 이런 행동 속에도 유대교 정신이 들어 있기는 했지만, 아버지의 신앙이 자식들에게 전해지기에는 너무 미미했어요. 그래서 아버지가 우리에게 전하려던 신앙심은 한 방울도 남김없이 새어 나가 버렸습니다. 한편으로는 아버지가 젊은 시절에 받았던 인상이 우리에게까지 전수되는 것은 불가능하기 때문이었고, 다른 한편으로는 아버지라는 존재의 무서운 본질 때문이었지요. 저는 지나치게 예민하고 늘 불안에 떠는 아이였는데, 이런 저에게 아버지는 무상함과 무관심이 유대교에서는 한없이 높은 개념일 수도 있다는 것을 이해시키려고 하셨으니 불가능한 일이었습니다. 아버지는 이런 것들이 지난 세월의 작은 추억 거리라며 큰 의미를 부여하셨고, 그래서 저에게 전수하고자 하셨던 거지요. 하지만 당신 자신에게도 더 이상 가치 없는 것들이었기에 설득이나 위협으로만 저를 가르쳐야 했으니 그 방법이 어떻게 통할 수 있었겠어요. 아버지는 당신의 약점을 결코 인정하지 않으셨기에 제가 고집불통이라며 몹시 화만 내시더군요.

이 모든 것이 결코 우리에게만 나타났던 현상은 아닙니다. 경건한 시골에서 도시로 이주했던 과도기적 유대인 세대는 대부분 비슷한 형편이었지요. 자연스럽게 일어나는 일이에요. 다만 워낙 날카로웠던 아버지와 저 사이에 이런 갈등이 덧붙여진 것입니다. 그러므로 아버지도 저와 마찬가지로 결백합니다. 아버지의 형편을 고려해서가 아니라 아버지의 본성과 시대적인 상황을 보면 그렇다는 겁니다. 그러니까 일이 바쁘고 걱정거리가 많아서라는 아버지의 말은 맞지 않아요. 아버지는 당신이 의심할 여지없이 결백하다고 말씀하시며 부당한 비난의 화살을 다른 사람에게로 돌리셨어요. 그런 주장은 어디에서라도, 지금 이 편지에서라도 손쉽게 반박될 수 있습니다. 문제는 아버지가 우리에게 어떤 것을 가르쳐 주시지 않았다는 것이 아니라 모범적인 삶의 모습을 보여 주시지 않았다는 데에 있었어요. 당연한 일이겠지만 아버지의 유대교 정신이 더 강했더라면 아버지가 보여 주시는 모습이 우리에게 훨씬 와 닿았을 겁니다. 지금 저는 아버지의 잘못을 탓하는 것이 아니라 아버지의 비난에 대처를 하고 있을 뿐입니다. 최근 프랭클린의 자서전을 읽어 보셨지요. 제가 일부러 아버지가 그 책을 읽어 보시게 했고요. 그러나 아버지가 비꼬셨던 것처럼 채식주의에 관한 부분 때문이 아니었어요. 책에 묘사된 저자와 아버지의 관계 때문에, 저자가 자신의 아들을 위해 쓴 회상록이기에 권해 드린 것이었습니다. 이 편지에서 하나하나 강조하지는 않겠습니다.

지난 몇 년 동안 제가 유대교에 관해 많은 시간을 할애하고 있다고 보셨지요. 아버지의 태도를 통해 요즘에는 아버지가 유대교를 어떻게 생각하고 계시는지 알 수 있었습니다. 아버지는 제가 하는 일을 모두 반대하셨고, 특히 제가 관심을 쏟는 것들을 혐오하셨어요. 이번에도 역시 마찬가지였습니다. 하지만 이번에는 예외가 아닐까 기대해 보았어요. 아버지의 유대교가 바로 제 관심의 대상이었으니까요. 유대교 정신 덕분에 우리 사이에 새로운 관계가 맺어지기를 바라고 있었어요. 한편으로는 정말로 아버지가 긍정적인 관심을 보이셨더라면 제가 아버지의 의도를 의심했을 것이라는 사실도 부인하지는 못하겠습니다. 그러니 제가 아버지보다 더 낫다고 주장할 생각은 없어요. 여하튼 아버지의 의도를 의심해 봐야 할 시련은 오지 않았지요. 제가 유대교에 관심을 갖자 아버지는 유대교를 혐오하셨고, 유대 문헌도 읽지 않으셨어요. 유대교와 관련된 것들은 아버지를 구역질나게 한다고도 하셨고요. 아버지가 제 어린 시절에 보여 주셨던 바로 그 유대교만이 유일하게 옳은 것이며, 그 밖에 다른 것은 아무것도 아니라는 말씀을 하고 싶으셨던 것일까요. 그런 말이 아니었던 것 같습니다. ‘구역질(원래 유대교가 아니라 저를 겨냥한 말이었다는 것은 제쳐 두고)’이라는 말은 아버지의 유대교 정신의 약점과 저에 대한 유대교 교육의 약점을 무의식중에 인정하셨다는 것을 의미할 따름이지요. 아버지는 어떻게든 그런 쪽으로는 생각하고 싶지 않으셨기에 이 일과 관련된 모든 일에 공공연하게 증오심을 보이셨어요. 덧붙여 아버지가 저의 새로운 유대교 정신을 부정적이지만 높이 평가하시다니 과장이 좀 심하셨습니다. 아버지의 평가는 저주나 마찬가지였고, 신앙을 발전시키려면 다른 사람들과의 관계가 아주 중요한데 그런 점이 저에게는 치명적이었으니까요.

제가 글을 쓰는 일과 글과 관련해서 아버지가 모르는 일을 싫어하시는 것은 그나마 좀 납득할 만했어요. 글을 쓰는 문제에 있어서는 제 스스로의 노력을 통해 아버지로부터 어느 정도 벗어날 수 있었습니다. 그런 제 모습은 마치 짓밟혀도 몸통으로 계속 기어 다니는 벌레를 연상케 하는 면이 있었지요. 여하튼 글을 쓰면서 저는 어느 정도 안정감을 느끼고 안도했습니다. 이 문제에 있어서만은 아버지가 당연히 내비치시는 혐오적인 태도가 예외적으로 반가웠어요. 제 책을 대하는 아버지의 익숙한 태도가 저의 자만심과 야심에 상처가 되기는 했지만요.

"침대맡 탁자에 두거라!"(책을 드릴 때에는 늘 카드놀이를 하고 계셨지요)라는 아버지의 반응이 차라리 편했습니다. 반항심에서 그런 것도, 아버지와 저와의 관계를 증명해 낼 거리를 새롭게 찾아서도 아니었고, 아버지의 그런 말투가 저에게 "이제 너는 자유다!"라고 말하는 것처럼 들렸기 때문이었어요. 물론 그것은 착각이었지요. 저는 결코 자유를 얻을 수 없었어요. 제가 쓰는 글은 아버지에 대한 것이었어요. 아버지에게 직접 할 수 없었던 불평을 글로나마 표현한 것이지요. 글쓰기는 저에게 아버지로부터의 결별을 의도적으로 늦추는 일이었습니다. 아버지가 강요한 결별이었지만 제가 정한 방향대로 흘러가고 있었지요. 그렇지만 이 모든 것이 얼마나 하찮은가요! 제 글이 다른 사람에게는 그저 보잘것없는 일이겠지만 저에게는 제 인생에서 일어났던 일이기 때문에, 그리고 제가 어릴 적에는 예감, 그 후에는 희망, 더욱 시간이 지난 후에는 절망의 모습으로 제 인생 전체를 다스리고, 어떤 때에는 아버지의 모습으로 나타나 저의 사소한 결정 하나하나를 지배했기에 이야기로 풀어낼 만한 것입니다.

그 예가 직업을 선택할 때입니다. 아버지는 아량을 베푸셔서 직업에 대한 문제를 인내심 있게 저에게 온전히 맡겨 두시더군요. 당시 아버지가 규범으로 여기시던 유대인 중산층의 부자 관계에 대한 가치관에 따르면 그렇게 하는 것이 일반적이기도 했고요. 저에 대한 아버지의 오해도 직업 선택에 영향을 끼쳤습니다. 예전부터 제가 특별히 부지런할 것이라고 여기셨는데, 진정한 제 모습도 모르면서 아버지로서의 자부심과 제 체질 등을 가지고 그렇게 미루어 짐작해 버리시더군요. 아버지 말씀에 따르면 저는 어릴 때부터 꾸준히 공부를 했고, 그 후에는 꾸준히 글을 썼다지요. 그러나 이것은 전혀 맞지 않는 이야기예요. 차라리 공부는 하나도 안 하고 아무것도 배우지 않고 지냈다는 편이 훨씬 과장되지 않은 말입니다. 남들만큼의 기억력과 이해력은 있기에 어느 정도의 지식이 제 머릿속에 남아 있기는 했어요. 하지만 저는 남들이 보기에 태평하고 편안한 삶을 살면서 시간과 돈을 많이 들였고, 그에 비해 제가 습득한 지식은 결과적으로 보잘것없었어요. 제가 알고 있는 거의 모든 사람들과 비교해도 제 성과는 극도로 미미했습니다. 참 비참한 일이지만 저에게는 그럴 만한 이유가 있었어요. 저는 생각이라는 것을 할 줄 알게 되었을 때부터 정신적 존재에 대해 깊이 고민해 왔고, 그 이외의 것들에 대해서는 전혀 상관하지 않게 되었어요. 사람들은 유대인 출신의 김나지움 학생들이 좀 특별하다고들 하지요. 우리에게서 남들과는 다른 의외의 면을 찾아볼 수 있다는데, 제가 보여 준 무관심은 그 중에서도 특이한 취급을 받았어요. 당시 제가 지녔던 무관심이란 냉정하고 노골적이고 단단하고 아이처럼 어쩔 줄 몰라 하면서도 우스꽝스러울 정도의 자기만족 같

은 것이었는데, 여하튼 그런 무관심이 저에게는 두려움과 죄의
식으로 인한 신경쇠약을 막는 유일한 구제책이었어요. 저는 제
자신을 위해 걱정하는 일에만 몰두했지요. 걱정거리는 다양했
습니다. 예를 들어 제 건강에 대해 걱정을 해 보았습니다. 시작
은 가벼웠지요. 소화불량, 탈모, 굽은 척추 등에 대해 사소한 걱
정을 하다가 이 걱정이 점차적으로 커지더니 저는 마침내 진짜
병에 걸리고 말았습니다. 이게 다 무엇이었을까요? 처음에는 몸
이 병들었던 게 아니었어요. 저는 모든 순간에 제 존재에 대한
증명이 필요한 사람이었는데, 제 안에서는 확실하고 독자적이
고 유일하고 본질적인 증명 수단이 전혀 없었고, 사실상 상속을
박탈당한 아들이라는 것만이 제 현실이더군요. 그러다 보니 제
몸뚱이에 대해서마저 자신이 없어진 것이지요. 키가 부쩍 커져
도 어찌할 바를 몰랐고, 그저 제가 진 짐이 너무 무거울 뿐이었
어요. 등은 굽어만 갔고, 움직이거나 운동을 할 생각은 감히 하
지 못해 그냥 허약한 채로 있었습니다. 제 몸이 아직 할 수 있는
일들을 신기해하고 의아해했어요. 가령 저의 소화 능력이 괜찮
다는 사실처럼요. 이렇게 자꾸 의심을 하다 보니 결국에는 멀쩡
하던 능력을 하나씩 잃어 갔고, 우울증에 이르게 되었어요. 그
러다가 결혼을 결심하는 초인적인 노력(뒤에서 더 자세히 말씀드릴
것입니다)에 이르러서는 각혈까지 했습니다. 쇤보른 궁[16]에 있는
방도 ―글을 쓰는 데에 이 방이 필요하다고 생각했어요― 폐병
에 일조를 했을 겁니다. 그러니까 이 모든 일의 원인은 아버지

---

16) 카프카가 1917년 3월에서 8월까지 거주한 집으로, 체코의 프라하 성 아래에 위치함.

의 생각처럼 과도한 업무 때문이 아니라는 거예요. 아주 건강한 몸으로 오래도록 소파에서 빈둥거리며 보냈던 날들도 있었어요. 아버지의 인생에서 누워 계셨던 시간을 —병상에 계실 때까지 포함해서— 모두 합한 것보다도 훨씬 더 많은 시간을 빈둥거렸지요. 일 때문에 아주 바쁜 척 아버지로부터 달아났던 때에는 거의 대부분 방에 드러눕기 위해서였지요. 제가 (게으름을 피워도 크게 튀지 않고, 타고난 저의 소심함 덕분에 도가 지나치게 게으름을 피우지는 않았던) 회사나 집에서 하는 일은 매우 적었어요. 만약 아버지가 제 일거수일투족을 지켜보셨더라면 경악하셨을 겁니다. 제가 천성적으로 게으른 것은 아니지만 할 일이 별로 없었어요. 저는 제 삶의 터전이었던 바로 그곳에서 배척당하고, 저주받고, 무시당했습니다. 어딘가로 도피를 해 보려고 극도로 노력했지만 소용이 없었지요. 제 힘으로는 도저히 불가능한 일이었어요.

　이런 상황에서 저는 직업을 정할 자유를 얻게 되었습니다. 사실상 제가 그 자유를 활용할 수나 있었을까요? 저도 직업이라는 것을 가질 수 있다는 믿음이 남아 있기나 했을까요? 제 자신에 대한 평가는 겉으로 드러나는 성공이나 다른 어떤 것보다도 전적으로 아버지에게 의존해 있었어요. 성공은 순간의 힘일 뿐 그 이상은 아니었지만, 아버지의 무게는 영원히 강하게 저를 억눌렀습니다. 초등학교 1학년을 절대 무사히 마치지 못하리라고 생각했지요. 그런데 상까지 받으며 무사히 마쳤어요. 김나지움 입학시험은 물론 통과하지 못하겠지, 하지만 통과했습니다.

김나지움 첫 학년 수업에서 분명히 낙제를 하겠지, 아니었어요. 저는 낙제하지 않았고, 이런 일들이 계속 반복되었습니다. 그렇지만 그 결과로 제 자신을 신뢰하게 된 것이 아니라 반대로 언젠가는 끝이 안 좋을 수밖에 없다는 확신 —뭔지 못마땅해하는 아버지의 표정이 이런 생각을 증명했고요— 이 들었어요. 선생님들이 모여 회의를 하는 무서운 장면은 제 머릿속을 떠나지 않았습니다(김나지움은 하나의 예일 뿐이고, 저를 둘러싼 모든 일에서 환상에 시달렸지요). 김나지움 2학년 때에 좋은 성적을 거두어서 3학년으로 올라갈 수 있게 되면 선생님들은 어떻게 가장 자질이 부족하고 아는 게 없는 아이인 제가 그 자리까지 기어 올라갔는지 이 어이없는 경우에 대해 의논하겠지요. 사람들은 저를 주목하고 있다가 제가 올라간 학년에서 쫓겨나면 모두들 이제 악몽에서 벗어났다고 환호를 하겠고요. 이런 망상을 가지고 산다는 것은 어린아이로서는 쉽지 않은 일이었어요. 이런 지경에서 수업이 무슨 상관이었겠습니까? 누가 제 관심을 불러일으킬 수나 있었겠어요? 제가 수업에 느끼는 관심은 마치 은행 사기를 쳐놓고서 탄로 날 것을 두려워하는 은행 직원이 하찮은 은행 업무 앞에서 보이는 작은 관심과도 같은 것이었지요. 제가 중요하다고 생각하는 것을 제외하고는 수업뿐 아니라 모든 일들이 이처럼 사소하게 느껴졌어요. 이런 상태로 김나지움 졸업시험까지 보게 되었는데, 실은 속임수도 좀 썼지요. 어쨌든 김나지움을 무사히 마쳤고, 저는 자유를 얻었습니다. 사실 김나지움 때이미 저는 제 자신에게만 집중하고 다른 일에는 무관심했으니,

진로 문제에 있어서도 자유로웠다기보다는 무관심했다는 말이 더 맞겠군요. 김나지움에서 배운 것들에 관심이 없었던 것처럼 진로에 있어서도 제게 중요한 일이 아니고서는 모든 일들은 다 비슷비슷할 뿐이었어요. 그러니까 저에게 진로를 선택하는 일이란 곧 제 허영심을 너무 많이 손상시키지는 않으면서 무관심한 태도를 유지할 수 있는 일을 찾는 것이었습니다. 그러려면 법을 전공하는 것이 가장 당연했어요. 2주 동안의 화학 수업과 반년 간의 독일어 수업으로 제 허영심과 무관심을 좀 고쳐 보고자 시도해 보았지만, 처음에 제가 가졌던 확신만을 더욱 강하게 만들었지요. 그러니까 결국 법을 전공하기로 한 겁니다. 신경을 곤두세운 채 이미 벌써 수천 개의 입이 씹고 지나간 톱밥을 입 속에 넣고 씹는 일이 수차례의 시험 때마다 반복되었습니다. 그렇지만 어떤 면에서는 이것이 제 입맛에 맞더군요. 예전에 김나지움 그리고 그 후의 공무원 생활이 어느 정도 저와 맞았던 것처럼 말입니다. 모든 것이 제 상황과 완벽하게 맞아 떨어졌기 때문이겠지요. 어쨌든 저는 어렸을 적부터 학문과 직업을 통한 구원은 단념하는 편이 낫다는 예리한 선견지명을 지니고 있었습니다.

그러나 결혼의 의미나 결혼에 대한 가능성은 전혀 생각해 보지 못한 문제였어요. 제 인생을 통틀어 가장 두려운 일이 성큼 다가왔습니다. 발달이 느린 아이였던 저는 결혼이 아주 먼 일이라고만 생각했지요. 가끔씩 결혼에 대해 생각을 해 보기는 했지만, 결혼을 위해 아주 중대하고 쓸쓸하기까지 한 시험을 오랜 시간에 걸쳐 치러 내야 한다는 사실은 알지 못했습니다. 결혼 시도는 아버지에게 대항한 가장 대단하고도 긍정적인 시도였습니다. 그에 걸맞게 대단한 것이 또한 파혼이었고요.

저를 둘러싼 모든 일이 잘못 돌아가고 있기에 아버지에게 제 결혼 문제를 이해시키는 것 또한 실패로 돌아갈 것이라는 걱정이 들기는 합니다. 그렇지만 그런 걱정이 이 편지를 완성하도록 만들었지요. 한편으로 저는 이런 시도를 통해 아버지에게 제가 낼 수 있는 긍정적인 힘의 결정체를 보여 드리고 있지만, 다른 한편으로는 제가 아버지의 교육 결과라고 표현한 저의 약점, 자기 확신의 부족, 죄책감이라는 부정적인 힘의 분노도 이 편지에서 드러날 테고, 바로 이런 감정이 제 자신과 결혼 사이에 선을 긋게 만들었습니다. 제가 밤낮으로 끊임없이 이 문제에 대해 너무 깊이 고민하고 파고들다 보니 지금은 제 자신도 혼돈스러워져서 아버지에게 설명하기가 더욱 어려울 것 같습니다. 제가 생각하기에 아버지가 너무도 깊이 오해를 하고 있다는 설명부터 시작하면 부담을 조금이나마 덜 수 있을 것 같아요. 아버지의 그토록 깊은 오해를 조금이나마 풀어 드리는 일이라면 아주 어렵지는 않아 보이니까요.

아버지는 저의 파혼이 제가 지금까지 겪은 실패들의 연장선이라고 여기셨어요. 아버지가 지금까지 제가 실패한 원인을 받아들이신다면 저도 아버지의 말에 동의하겠습니다. 아버지는 늘 제 실패의 의미를 과소평가하셨어요. 우리가 그에 대해 대화를 나누다 보면 결국에는 서로 아주 동떨어진 일에 대해 이야기를 하고 있을 정도로요. 감히 말씀드리자면 아버지의 인생에서는 제 인생의 결혼과 같은 큰 의미를 지닌 일이 일어나지 않았다고 봅니다. 아버지가 그 정도로 의미 있는 인생을 살지 않았다는 말이 아니에요. 오히려 그 반대지요. 아버지의 인생은 제 인생보다 훨씬 풍부하고 신중하고 팍팍했습니다. 그렇지만 바로 그렇기 때문에 아버지에게 그 정도의 큰일은 일어나지 않은 것입니다. 이것은 마치 한 사람이 낮은 계단을 다섯 칸 올라가야 하고, 다른 사람이 다섯 칸 높이의 계단 한 칸을 한 번에 올라가야 하는 것과 같아요. 앞의 사람은 다섯 계단을 수월하게 정복할 수 있을 뿐만 아니라 더 나아가 다음 수백 개, 수천 개의 계단을 정복하게 되고, 그 사람은 대단하면서도 긴장에 찬 인생을 살게 되겠지요. 하지만 이 사람이 오른 계단 중 어떤 것도 뒤의 사람이 온 힘을 다해 올라가야 하는 하나의 높은 계단, 결국 오르지 못하고 당연히 극복하지도 못할 계단만큼의 의미를 지닐 수는 없습니다.

결혼을 하고, 가족을 만들고, 아이들을 있는 그대로 감수하고, 불안한 세상에서 먹여 살리고, 때로는 인생의 안내자가 되어 주는 일은 한 인간이 할 수 있는 최상의 것이라고 생각합니다. 모든 사람들이 쉽게 결혼이라는 목표를 이루는 현실이 제 말에 반대되는 것은 아니지요. 사실 결혼이 대부분의 사람들에게 일어나는 일이라고는 볼 수 없으며, 대부분에 속하지 않은 그 사람들은 결혼을 '하는' 것이 아닙니다. 결혼이란 그들에게 자연스럽게 '일어나는' 일이지요. 정확히 말하자면 최상의 것이라고 할 수는 없겠지만, 아주 대단하고도 영예로운 일입니다(특히 '하다'와 '일어나다'가 서로 완전히 구분되지는 않으니까요). 하지만 굳이 최상의 것일 필요는 없지요. 중요한 것은 최상의 것을 추구하기 위한 기나긴 여정을 차근차근 밟아 가는 일입니다. 태양의 한가운데를 뚫고 들어가려고 할 필요는 없지만, 태양이 비치는 따뜻한 곳으로 다가가려는 것은 필연적인 일이지요.

그런데 제가 어떻게 결혼을 할 준비가 되어 있었겠습니까? 준비가 전혀 안 되어 있었어요. 지금까지 말씀드린 일을 보시면 충분히 아실 겁니다. 제가 직접 결혼에 대한 준비를 하고 남들이 하는 만큼의 기본 조건만 갖춘다면 아버지도 크게 개입을 하지 않으려고 하셨어요. 달리 어쩔 수도 없었겠지요. 이 문제에 있어서는 남녀 관계에 대한 지위, 민족, 시대의 일반적인 관습이 작용하는 법이니까요. 그런 관습을 받아들이는 데에 아버지의 영향은 크지 않았어요. 그런 영향을 나누려면 서로 강한 믿음이 전제되어야 하는데, 우리는 이미 오랜 시간 동안 믿음이 부족했고 행복하지만은 않은 관계였으니까요. 아버지와 저의 욕구는 서로 완전히 달랐습니다. 저를 자극하는 일들은 아버지를 전혀 감동시키지 못했고, 그 반대도 마찬가지였고요. 아버지에게 결백한 것이 저에게는 죄가 되었고, 그 반대로도 그러했지요. 아버지에게는 별것도 아닌 일이 저에게는 관뚜껑같이 느껴졌습니다.

저녁때 아버지 어머니와 산책을 갔던 일이 기억납니다. 지금은 은행이 들어선 자리인 요제프 광장 근처였지요. 저는 허풍을 떨며 의기양양하게, 의연하고(이것은 사실이 아니었습니다) 냉정하게(이것이 진실이었습니다), 아버지 앞에서 제가 늘 그래 왔듯이 더듬거리며 흥미로운 주제를 화제에 올렸어요. 부모님이 제게 가르쳐 주지 않은 것을 같은 반 친구들 덕에 겨우 알게 되었고, 큰 위험[17]을 치를 뻔했다고 말씀드렸지요(이 부분에서 저는 대담해 보이고 싶어 염치없게 거짓말을 했던 겁니다. '큰 위험'에 대해 사실 잘 알지도 못했어요). 마지막으로 조심스럽게 제가 이제 알 건 다 알고 조언 따위는 필요 없으니 걱정 마시라고도 했지요. 여하튼 그것에 대해 대화를 한번 해 보고 싶었던 것 같아요. 아버지와 어머니를 괜히 비난하고 싶기도 했고요. 아버지는 늘 그러셨듯이 제 말을 아주 단순하게 받아들이시고는 어떻게 하면 안전하게 그 일을 치를 수 있는지에 대해 저에게 충고를 해줄 수도 있다고 말씀하셨습니다. 어쩌면 저도 아버지로부터 그런 대답을 끄집어내고자 했는지도 모르겠네요. 아버지의 대답은 고기와 온갖 좋은 것들을 과다하게 먹은 탓에 육체적으로 활발하지 못하고 영원히 자기 자신에만 몰두하려는 소년의 탐욕과도 비슷했으니까요. 그렇지만 아버지의 대답을 듣고 보니 저는 공연히 부

____
17) 사창가에서의 매춘 경험.

끄러운 일을 도마에 올렸다가 상처만 받은 꼴이었습니다. 적어
도 그렇다고 느꼈습니다. 그래서 건방지고 못되게 대화를 중단
해 버렸지요.

　당시 아버지의 대답을 판단하기는 쉽지 않았습니다. 충격적
일 정도로 개방적이고 원초적이라고도 느꼈고, 솔직하고 거리
낌 없는 가르침이라는 생각도 들었지요. 제가 그때 몇 살이었
는지 모르겠네요. 아마 열여섯쯤이었을 겁니다. 그 나이 또래의
아이에게는 아버지의 말씀이 아주 신기한 대답이었어요. 그 대
답이 아버지가 저에게 알려 주신 인생에 대한 첫 번째 가르침이
었던 걸 보니, 아버지와 저와의 거리는 지독히도 멀었던 것 같
습니다. 어쨌든 당시 아버지가 해주셨던 대답은 제 내면에 깊숙
이 자리를 잡고 있다가 한참 후에서야 진정한 의미로 다가왔습
니다. 아버지는 그 일이 세상에서 가장 지저분한 일이라고 생각
하셨던 겁니다. 제가 더럽혀진 몸으로 집에 돌아오는 것은 중요
한 문제가 아니었습니다. 아버지에게 중요한 것은 아버지 자신
과 아버지의 집안을 지키는 것뿐이었지요. 아버지는 저에게 해
주신 충고를 실행하며 사는 분이 아니셨고, 남편이자 완벽한 남
자로서 그런 일은 초월한 분이셨습니다. 아버지의 이런 생각 때
문에 저는 결혼 생활마저 음탕한 일로 느끼게 되었어요. 따라서
결혼 생활에 대해 주변에서 들리는 이야기를 부모님께 적용시
켜 보는 것은 불가능했지요. 그럴수록 아버지는 더욱 청결하고
고귀한 존재가 되셨고요. 그런 아버지가 저에게는 음탕한 충고

를 하시다니 생각도 할 수 없는 일이었습니다. 그만큼 아버지에게서 속세의 더러움을 찾아볼 수가 없었으니까요. 그런데 아버지는 한두 마디 충고로 저를 수렁에 밀어 넣으셨지요. 저는 그런 취급을 받아야 마땅하다는 듯 말입니다. 세상에 아버지와 저만이 존재한다면 하는 상상을 자주 해 보았습니다. 아버지와 함께 순결한 세상이 끝났을 테고, 저로부터 불결한 세상이 시작되었겠지요. 아버지가 저를 그토록 비난하신 것은 그 자체만으로는 납득이 되지 않는 일이었습니다. 제가 오래전부터 아버지에게 죄를 지어 왔고, 그래서 아버지도 저에 대한 경멸을 쌓아 오셨을 것이라는 생각만이 아버지의 비난에 대한 납득할 만한 설명이 될 수 있겠지요. 이 사실은 저를 내면의 가장 깊은 곳으로 깊숙이 파고들게 만들었습니다.

저와 아버지의 결백함은 이렇게 보면 가장 명확하게 드러날 수 있을지도 모르겠습니다. A가 B에게 충고를 합니다. 그 충고는 명쾌하고, A의 인생 경험에도 걸맞고, 듣기에 좋지만은 않지만 오늘날 도시 어디서나 적용될 법한 이야기입니다. 어쩌면 건강을 해치는 것 정도는 막을 수도 있는 충고이지요. 이 충고는 B에게 도덕적으로 힘을 발휘할 수 있는 것은 아닙니다. 그렇지만 시간이 흐르면서 B가 수치심에서 벗어나지 못할 이유는 없지요. B가 그 충고를 무조건 지켜야 하는 것도 아니고, 여하튼 그 충고는 B의 전체적인 미래를 망가뜨릴 요인도 아니니까요. 그럼에도 불구하고 만약 그런 일이 일어난다면 단지 A가 아버지이고 B가 저이기 때문입니다.

이때에 겪었던 일과 비슷한 충돌이 20년 후에 또 나타나더군요. 그때나 지금이나 아버지와 저는 둘 다 결백합니다. 이번에 일어난 일도 힘들기는 했지만 이전보다는 훨씬 나았습니다. 이미 서른여섯이나 된 제가 또다시 어릴 적만큼 상처를 입지는 않을 테니까요. 지난번 아버지에게 결혼 승낙을 받으려고 이야기를 꺼낸 후 긴장이 감돌던 며칠 사이의 일을 말하고 있는 겁니다. 아버지는 이렇게 말씀하셨지요.

"그 여자애가 굉장한 블라우스라도 입고 있었나 보지. 프라하에 사는 유대인 여자애들이란 다 그렇지. 너는 바로 그것 때문에 그 여자애와 결혼하겠다고 마음을 먹은 게 분명하다. 가능한 한 빨리, 이번 주, 내일, 아니 오늘 해치워 버리고 싶겠지. 너는 어른이 아니더냐. 게다가 도시에 살고 있고. 아무 여자애와 당장 결혼하는 것 외에 다른 방법은 없는 게냐? 성적인 욕구를 해결하려고 사창가를 출입하는 것이 두려워서 차라리 결혼을 해 버리겠다는 것이라면 내가 너를 데리고 가 주마!"

이보다도 더 자세하고 분명하게 말씀하셨어요. 하지만 모두 기억나지는 않습니다. 눈앞이 흐려지기도 했고, 어머니의 태도가 더 뜻밖이었기 때문이지요. 어머니는 워낙에도 그러셨지만 그때에 유난히 아버지와 한패가 되시더군요. 식탁에서 뭔가를 집어 들고는 그냥 방으로 들어가 버리셨어요.

아버지가 저를 깊이 경멸하는 마음을 그때처럼 말로 또박또박 드러내신 적은 없습니다. 20년 전 제게 비슷한 이야기를 하셨을 때만 해도 조숙한 도시 청년에 대한 일말의 존중심을 찾아볼 수 있었어요. 아버지가 보시기에 곧바로 인생 전선에 뛰어들어도 될 만큼 조숙한 아이였지요. 당시 아버지의 생각을 되짚어 보는 일은 지금까지 아버지가 쌓아 오신 경멸을 한층 더 높게 만들 뿐입니다. 그때 한 발 도약했던 청년은 더 이상의 경험을 쌓지 못한 채 그대로 정체했으니까요. 오히려 20년의 시간만큼이나 초라해졌지요. 제가 한 여자를 선택했다는 것이 아버지에게는 아무런 의미도 없었습니다. 아버지는 제 결정을 늘 (무의식적으로) 무시했고, 이제는 제 결정이 어느 정도의 가치를 지니는지 안다고 (무의식적으로) 믿으셨지요. 그러나 제가 구원받기 위해 여러 방면으로 애를 쓰고 있었다는 사실을 전혀 모르셨습니다. 아버지의 틀에 박힌 생각으로는 제가 결혼을 하려는 이유를 알 수가 없었을 텐데 아버지의 방식대로 제 생각을 끼워 맞추려고 하셨어요. 지금까지 저를 보며 내렸던 여러 가지 평가 중에서도 가장 추악하고, 초라하고, 어처구니없는 판단들을 모두 종합해 제 결혼의 이유를 찾으려고 하셨지요. 그러고는 일말의 망설임도 없이 저에게 그런 말들을 퍼부으셨고요. 아버지가 말로 저를 좀 수치스럽게 하시는 것은 제가 결혼을 통해 아버지의 명성에 끼칠 수치심에 비하면 아무것도 아니라고 여기셨어요.

여하튼 아버지는 제 결혼 시도에 대해 어느 정도의 답은 줄 수 있으셨고, 또 그렇게 하셨습니다. 제 결정을 크게 존중하실 의향은 없으셨어요. 제가 F와의 약혼을 두 번이나 취소하고 또다시 번복하고, 약혼식 때문에 아버지와 어머니를 베를린까지 모셨다가 허탕을 치게 만들고, 그런 비슷한 일들 때문에 그러셨겠지요. 모두 제가 한 일은 맞지만 왜 이런 일이 일어났겠습니까?

두 번의 결혼 시도를 통해 제가 근본적으로 추구하려던 것은 아주 명확했어요. 가정을 이루고 독립하는 것이었지요. 이것만은 아버지가 보시기에도 흡족한 생각이었습니다. 하지만 제 계획을 실현하려고 할 때마다 애들 장난과도 비슷한 구석이 있는 아버지와의 관계가 제 앞을 가로막더군요. 한 사람이 다른 사람의 손을 꽉 잡고서는 "야 저리 가. 저리 가. 왜 안 가는 거냐?"라고 소리치는 장난 말입니다. 우리의 관계가 애들 장난보다 조금 더 복잡했던 것은 손을 잡고 있는 아버지가 "저리 가!"라고 진심으로 소리치셨다는 것이며, 동시에 오래전부터 아버지란 존재의 힘만으로도 제가 꽉 붙잡혀 있었다는 것이지요. 아니, 더 정확하게 말하자면 저는 억압을 받고 있었습니다.

두 명 모두 우연히 선택했어요. 그런데 제 선택이 아주 뛰어났다는 것을 알게 해주는 여성들이었지요. 그러니까 아버지는 또 오해를 하셨던 겁니다. 겁 많고, 소심하고, 의심도 많은 제가 그저 블라우스 하나에 홀려서 충동적으로 결혼을 결정해 버렸다고 생각하셨으니까요. 저는 두 명과 모두 이성적인 부부가 되었을 겁니다. 제가 이렇게 확신할 수 있는 것은 밤낮으로, 첫 번째 결혼 시도 때에는 수년, 두 번째는 수개월 동안 제 모든 힘을 쏟아 결혼에 대해 고민해 보았기 때문이지요.

두 명 다 한 번도 저를 실망시킨 적이 없었어요. 저만 두 여자를 실망시켰을 뿐이에요. 결혼을 결심했던 때나 지금이나 두 여자에 대한 제 판단이 바뀐 적은 없습니다.

두 번째로 결혼을 하려고 했을 때에도 첫 번째 파혼을 가볍게 생각하고 경솔하게 달려든 것이 결코 아니었어요. 두 경우는 완전히 달랐습니다. 두 번째는 훨씬 더 가망이 있어 보였고, 첫 번째의 시행착오가 오히려 희망을 갖게 해주었어요. 일일이 이야기를 하지는 않겠습니다.

그렇다면 왜 저는 결혼을 하지 않았을까요? 사방이 장애물로 둘러싸여 있긴 했지만, 사실 장애물을 받아들이며 살아가는 것이 인생이 아니겠습니까. 그러나 안타깝게도 장애물은 제 안에 존재하고 있었어요. 제 정신적인 능력이 결혼을 하기에는 너무도 많이 부족했습니다. 그래서 결혼을 결심한 다음부터는 잠을 이룰 수가 없고, 밤낮으로 머리가 아파오고, 사는 것이 사는 것 같지 않고, 혼란스러워하며 여기저기를 떠돌았어요. 제가 워낙에 신중하고 융통성 없는 성격이기에 걱정이 많은 건 사실이었지만, 오로지 걱정 때문에 그런 것은 아니었어요. 시체를 벌레

가 파먹어 없애듯이 걱정은 저의 문제를 완성시키기는 역할을
했을 뿐이고, 제 문제에 대한 결정적인 원인은 다른 데에 있었
지요. 그것은 바로 두려움, 나약함, 자기 비하로 인한 총체적인
압박감이었습니다.

　더 자세히 설명해 보지요. 결혼 시도로 아버지와 저와의 관계
는 지금까지보다도 한층 더 강하게 충돌했어요. 결혼은 가장 강
력한 자기 해방과 독립의 보증서입니다. 제 생각에 가족이란 인
간이 이룰 수 있는 것 중 가장 고귀한 것이고, 따라서 우리 가족
도 아버지가 이룬 것 중 가장 고귀한 것이지요. 우리 둘 다 각자
의 가족이 생긴다면 그때야 비로소 저는 아버지와 동등해지는
겁니다. 예전부터 계속되어 온 끝없는 수치심과 폭정은 역사의
뒤안길로 사라지겠지요. 그러나 이것은 동화 속에서나 가능한
일입니다. 너무도 과분한 일이기에 도달할 수 없는 일임에 틀림
없고요. 그토록 과분한 일에 실제로 도달할 수 있다면 의심스
럽기까지 할 거예요. 이것은 마치 죄수가 탈옥을 계획할 뿐 아
니라 감옥을 여름 별장으로 개조해 보겠다는 의지까지 지닌 것
과 같습니다. 탈옥에 성공하면 개조를 할 수가 없고, 개조를 하
면 탈옥을 못하잖아요. 제가 아버지와의 불행한 관계로부터 벗
어나려면 아버지와 전혀 관련이 없는 영역의 일을 해야 하지요.
결혼은 가장 대단한 일이며 경이로운 독립성을 부여하는 일이
지만, 그와 동시에 아버지와 가장 가깝게 연관되어 있는 일이기
도 합니다. 이 관계에서 벗어나려고 하는 것은 미친 짓이고, 벗

어나려는 시도는 모두 그에 상응하는 벌을 받게 되어 있지요.

　바로 이런 끈끈한 관계가 저를 결혼으로 이끌기도 했습니다. 결혼을 한다면 동등해질 우리의 관계를 생각해 보았어요. 아버지는 그 상황을 그 누구보다도 잘 이해해 주셨을 텐데요. 그럼 저는 자유롭고 감사할 줄 알고 결백하고 모범적인 아들이 되었을 테고, 아버지는 남을 압박하지 않고 폭정을 일삼지 않고 공감할 줄 알고 만족스러워하는 아버지가 되셨겠지요. 얼마나 좋았을까요! 하지만 그러기 위해서는 지금까지 일어났던 모든 일들이 일어나지 않았어야 합니다. 그것은 우리 자신을 버리는 것이지요.

　그러나 우리 자신을 버리지 않는 한 결혼은 없는 일이 되어야 했습니다. 결혼은 아버지 고유의 영역이기 때문이지요. 가끔씩 저는 세계지도를 펼쳐 놓고 아버지의 몸을 그 위에 비스듬히 펴 놓는 상상을 했어요. 아버지가 덮고 있지 않거나 아버지의 영향이 닿지 않는 지역만이 제가 살 수 있는 곳이었지요. 하지만 제가 아버지의 거대함에 대해 지니고 있던 상상 그대로 아버지가 가리지 않은 지역은 아주 적었고 별로 위안이 되지도 못했어요. 그리고 결혼 생활은 그 안에 놓여 있지 않았어요. 이 비유의 의미를 아시겠습니까? 아버지가 어머니와의 결혼 생활을 보여 주셔서 (가게에서 저를 쫓아내셨던 것처럼) 저를 결혼과 멀어지게 한 것이 절대 아니란 말입니다. 오히려 그 반대였어요. 아버지와 어머니는 저에게 모범적인 부부셨다고요. 신의, 서로 돕는 자세, 자식의 수에서 모범을 보이셨지요. 자식들이 커 가면서 가족의 평화가 깨질 때에도 어머니와 아버지의 관계만은 평온해 보였고요. 저는 부모님의 모습을 보며 결혼의 고귀한 개념을 쌓아 온 것 같기도 합니다. 결혼에 대한 제 갈망을 무기력하게 만든 건 다른 이유였어요. 바로 아버지가 자식들과의 관계에서 보여 준 모습 때문이었지요. 그 관계에 대해서는 이 편지 전체에서 말씀드리고 있습니다.

인간은 자식으로서 부모에게 지었던 죄를 나중에 자기 자식에게 그대로 돌려받을까 봐 결혼을 두려워하는 것이라는 말도 있습니다. 저는 그렇지 않았어요. 제 죄의식의 원인은 아버지셨고, 그것은 그 누구도 느끼지 못할 유일하고도 고통스러운 감정이었어요. 이런 감정이 되풀이된다니 있을 수 없는 일이지요. 만약 제 아들이 무뚝뚝하고 둔하고 무미건조하고 타락했다면 저도 견딜 수는 없었을 것 같네요. 정 방법이 없으면 아들을 피해 어디론가 떠나 버릴 것 같기도 해요. 아버지가 제 결혼 때문에 그러려고 하셨던 것처럼 말입니다. 결혼을 할 수 없었던 이유에는 이런 영향도 좀 있었겠군요.

그러나 더욱 결정적인 것은 제 자신에 대한 불안이었습니다. 이미 말씀드렸지요. 글을 쓰는 일, 글쓰기와 관련된 일은 독립과 도피를 위한 작은 시도였습니다. 그 성과는 아주 미미했습니다. 여러 가지 일이 증명하듯 가망 없는 시도였습니다. 그럼에도 불구하고 저에게 글을 쓰는 일이란 의무였어요. 더 정확히 말하자면 글 쓰는 일에 닥치는 모든 위험을 막아 낼 수 있는지에 제 인생 전체가 달려 있었어요. 결혼 생활은 글 쓰는 일을 위험하게 만들 수도 있지요. 어쨌든 가장 의미 있는 위험이겠지만 저에게는 위험의 가능성이라는 사실이 더 크게 와 닿더군요. 위험하다는 사실을 깨닫는다면 그때 저는 무엇부터 해야 할까요? 증명할 수는 없지만 절대 부인할 수도 없는 위험을 느끼면서 결혼 생활을 어떻게 지속시킬 수가 있을까요? 저는 흔들릴 수밖에 없었지만 결론은 단연코 제가 단념하는 것이었습니다. 손안의 참새와 지붕 위의 비둘기에 대한 비유[18]는 여기에는 들어맞지 않아요. 제가 처한 상황은 손안에는 아무것도 가지고 있지 않고, 지붕 위에 모든 것이 있는 상태니까요. 그렇지만 저는 — 투쟁하는 관계와 고된 삶이 그렇게 결정을 해 버렸지요— 아무 것도 가지지 못한 쪽을 선택해야 했습니다. 진로를 정할 때에도 비슷한 선택을 해야 했고요.

결혼을 망설였던 가장 결정적인 이유는 저에게 어떤 신념이 부족하다는 것이었어요. 아버지처럼 가족을 만들고 지켜 나가려면 꼭 갖춰야 할 신념이 있습니다. 아버지가 보여 주셨던 대로 힘과 타인에 대한 조롱, 건강과 무절제, 능숙한 말과 서투른

---

18) '손에 쥔 참새가 지붕 위의 비둘기보다 낫다'는 속담. 크고 불안정한 것보다는 작더라도 손 안에 들어온 것을 지켜야 한다는 뜻.

말, 자신감과 불안, 독특성과 폭정, 인간에 대한 이해와 불신, 근면, 끈기, 정신력, 당당함과 같은 장점과 단점들을 두루 갖추고 있어야 하지요. 그런데 저는 이 모든 것을 갖추고 있지 않았고, 그럼에도 불구하고 감히 결혼을 감행하고자 했습니다. 앞서 말한 신념을 지녔던 아버지의 결혼 생활마저도 치열해 보였고, 심지어 자식들을 망쳐 버리는 것을 보면서도 왜 그런 결심을 했을까요? 물론 제가 이런 질문을 직접적으로 제시한 적도 없었고, 답을 한 적도 없었지요. 답을 하려고 했더라면 결혼에 대한 일반적인 생각이 저를 더 사로잡았을 것 같습니다. 아버지와는 다른 사람들(아버지의 주변 사람들 중에는 리하르트 삼촌이겠지요) 중 결혼 생활에 실패하지 않았던 사람들을 떠올렸겠지요. 실패하지 않은 것만 해도 대단한 것이고, 저에게는 충분한 의미를 지녔을 것입니다. 하지만 저는 그런 의문을 가질 필요가 없었어요. 어릴 적부터 그 답을 직접 경험하고 있었기 때문입니다. 저는 결혼 문제에 이르러서가 아니라 일상생활에서 겪는 사소한 일을 통해 이미 제 자신을 돌아보고 있었어요. 아버지가 저에게 보여 주신 모습과 교육은 제 무능력을 깨닫기에 충분했습니다. 아버지의 생각대로라면 저는 한없이 무능했고, 그 생각은 당연히 결혼이라는 큰일 앞에서도 들어맞아야 했습니다. 결혼 시도를 하기 전까지의 제 모습은 사업 수완도 나쁘고 근심에 가득 차 있지만 정작 장부 정리도 하지 않은 채 하루하루를 연명하는 상인과 같았어요. 늘 적자를 면하지 못하다 보니 아주 가끔씩 적게라도 이익이 나면 과장되게 기뻐하는 그런 상인 말입니다. 장부에 모든 것을 기입해 두지만 한 번도 결산을 해 본 적은 없지요. 그런데 이제 결산을 해야 할 때가 왔고, 결산이란 바로 결혼에 대한 시도였습니다. 그런데 계산해야 할 총액을 보니 적은 이익마저도 있었던 적이 없는 것 같고, 모든 것이 빚이기만 합니다. 그런데 미치지 않고 결혼을 하다니요!

이렇게 아버지와 함께한 지금까지의 제 인생이 일단락되었고, 비슷한 방식으로 앞으로의 나날들을 살아가게 되겠지요.

제가 아버지를 두려워하는 이유를 보시고 이렇게 대답하실 수도 있겠다는 생각이 듭니다.

"너는 네 책임으로 우리 관계가 이렇게 되었다고 주장하면 내 짐이 덜어질 것이라고 생각하고 있다. 겉으로는 네가 힘들어 보이겠지. 하지만 너는 상황을 너에게 이롭게 몰아가고 있다. 너는 처음에는 너의 모든 죄와 책임을 인정하지 않았다. 그 점에서는 우리의 방식이 일치한 것이다. 그 다음에 내 생각이 정말 그렇기에 대놓고 말해 주었던 것과 같이 너는 모든 잘못을 너에게로 돌렸다. 너는 너무나 '현명'하고 '인정' 많게도 나의 죄를 면해 주겠다고 하는구나. 하지만 단지 그렇게 보일 뿐이다(너는 더 많은 것을 원하는 것 같지도 않다만). 본질이니 태생이니 대립이니 미숙함이니 하는 말들을 써서 포장하려고 했지만 결국에는 내가 공격자이고, 네 행동은 모두 자기방어였을 뿐이라는 이야기를 하고 있지 않느냐? 너의 불손한 태도를 통해 이제 충분히 원하는 바를 이루었구나. 너는 세 가지를 증명하였다. 첫째로 네가 무죄라는 것, 두 번째로 나에게 죄가 있으며, 세 번째로 관대한 너는 나를 용서할 뿐만 아니라 겉으로 보이는 사실과는 달리 내가 결백하기 때문에 네 스스로 내 결백을 증명해 내려고 한다는 것이다. 이제 너는 속이 시원할 것이다. 그러나 이 정도로 만족하지 못하겠지. 너는 평생 내 허리를 휘게 할 놈이 아니더냐. 우리가 서로 싸우고 있다는 것은 인정한다. 싸움에는 보통 두 가지 종류가 있지. 하나는 정정당당한 결투다. 상대방과 힘을 겨루는 싸움이지. 스스로를 위해 싸우고 승리하고 패한다. 다른 하나는 해충의 공격이다. 자기가 살겠다고 남에게 빌붙어 침으로 쏘고는 피까지 빨아 먹지. 그게 바로 너다. 너는 인생을 살아갈 능력이 없다. 자괴감에서 벗어나 마음 편히 살아 보겠다고 나를 원망한다. 나 때문에 네가 무능력해졌다는 소리나 지껄인다. 너처럼 쓸모없는 놈은 고민할 거리도 없겠구나. 나에게 책임을 돌리면 그만이니 말이다. 너는 편하게 다리 뻗고 평생 내 뒤꽁무니나 쫓아다니겠지. 결혼 문제도 그렇다. 너도 이 편지에 썼듯이 결혼을 피하려고 했던 것은 바로 너다. 내가 반대하기를 바란 것도 바로 너다. 어려운 짐은 무조건 나한테 떠맡기고 싶었겠지. 그래서 너는 내가 가문의 '수치'라는 이유로 결혼을 반대해 주기를 기대했다. 하지만 나는 그럴 생각이 전혀 없었다. 여태까지와 마찬가지로 이 문제에 있어서도 네 행복에 걸림돌이 되고 싶지 않았다. 또한 나는 내 자식이 부모 때문에 어떻게 되었다느니 하는 말을 절대로 듣고 싶지 않은 사람이다.

그래서 하고 싶은 말도 꾹 참아 가며 너에게 결혼의 결정권을 맡겼건만 도움이 되었느냐? 전혀 도움이 되지 못했다. 내가 나서서 반대를 했더라도 너는 내 말을 듣지 않았을 것이다. 반대로 결혼을 해야겠다고 더 날뛰었겠지. 네가 말한 그 '도피하려는 시도'는 내 뜻을 거슬러야 더욱 완벽해졌을 테니 말이다. 네가 파혼한 것이 무조건 내 탓이라고 우기고 있는 것을 보니 내가 결혼을 찬성했더라도 너는 나를 원망했겠구나 싶다. 기나긴 편지로 너는 결혼 문제뿐 아니라 모든 면에서 내 비난이 정당했음을 증명한 것이나 다름없다. 빠트린 것이 있다면 불손하고 아첨이나 하면서 부모에게 빌붙는 너의 태도에 대한 비난이랄까. 내가 네 말을 제대로 알아들은 것이라면 너는 이제 편지까지 써 가면서 내 등골을 빼먹고 있다."

대답해 드리겠습니다. 아버지에게로 되돌아간 비난은 원래 아버지가 시작하신 것이 아니었어요. 비난을 시작한 것은 저였지요. 아버지는 그렇게 심하게 남을 불신하는 분이 아니지요. 아버지에게 교육받은 대로 제가 제 자신을 심하게 불신하고 있을 뿐입니다. 아버지는 지금까지 해 온 비난이 정당하다고 말씀하셨어요. 부인하지 않겠습니다. 아버지의 말씀에 따라 우리의 관계가 조금은 달라질 수도 있겠다는 생각도 듭니다. 하지만 제가 편지에서 증명한 내용이 현실과 퍼즐 조각처럼 들어맞을 수는 없을 것 같습니다. 인생사가 그런 것 아닐까요. 아버지가 말씀하신 방향으로 이 편지를 하나하나 수정할 수는 없고 그럴 생각도 없습니다만, 어쨌든 이렇게 터놓으니 우리는 진실과 한 발

가까워진 것이 아닐까 합니다. 이 사실만으로도 우리는 좀 편안
해 질 수 있을 테고 죽고 사는 문제에서도 홀가분해지겠지요.

프란츠 드림

내 어린것들에게

小さき者へ

有島武郎

아리시마 다케오 지음 | 권일영 옮김

아리시마 다케오 有島武郞 | 일본의 소설가 · 평론가(1878~1923). 시라카바(白樺) 동인으로 활동. 인도주의에 입각하여 본격적 사실주의를 실현시킨 작가로, 당시 일본 문단에서 특이한 지위를 차지하였다. 작품에 〈카인의 후예〉, 〈미로〉, 〈태어나는 고뇌〉 등이 있다.

너희가 커서 어른이 되었을 때, 그때까지 내가 살아 있을지는 모를 일이다만, 이 아비가 써서 남긴 글을 들춰 볼 기회가 있을 거라고 생각한다. 이 길지 않은 글도 너희 눈에 띄겠지. 세상은 자꾸 변해 가는데, 그때 내가 너희 눈에 어떻게 보일까? 상상도 하기 어려운 일이로구나. 내가 지금 지나가는 이 시대를 비웃으며 애처롭게 여기듯, 아마 너희도 케케묵은 내 생각을 비웃으며 불쌍하게 여길지도 모르겠구나. 나는 너희를 위해 그렇게 되지 않기를 기도한다. 너희는 나를 발판 삼아 거리낌 없이 더 높고 먼 곳을 향해 나아가야 한다. 그렇지만 너희를 아주 깊이 사랑한 사람이 이 세상에 있다는, 혹은 있었다는 사실은 오래도록 너희들에게 필요할 거다. 이 글을 읽고 내 미숙한 사상과 완고함을 비웃는 동안에도 우리는 너희들을 사랑으로 포근하게 감싸고, 위로하고, 격려하며 너희가 인생의 가능성을 제대로 맛보게 해 주고 싶구나. 그래서 이 글을 너희에게 써서 남긴다.

너희는 지난해에 하나뿐인, 단 하나뿐인 어미를 영원히 잃었다. 태어난 지 얼마 되지도 않아 생명에 가장 중요한 양분을 빼앗기고 만 셈이다. 그때 이미 너희 인생에는 어둠이 드리웠다. 지난번에 한 잡지사로부터 '나의 어머니'라는 짧은 글을 써 달라는 청탁을 받았을 때, 나는 별생각 없이 '내 행복은 어머니가 처음부터 한 분이고 지금도 살아 계신다는 사실이다'라고 감히 적었다.[1] 그런데 내 만년필이 그 문장을 마치기도 전에 너희가 머릿속에 떠오르더구나. 나쁜 짓이라도 저지른 것처럼 내 마음이 아팠다. 그렇지만 사실은 사실이다. 나는 그런 점에서 행복했다. 너희는 불행하다. 회복할 수 없는 불행이란다. 불쌍한 것들.

새벽 세 시부터 조금씩 진통이 시작되면서 집 안이 불안감에 휩싸인 건 7년 전이다. 그날은 홋카이도에서도 보기 힘들 정도로 눈보라가 심하게 치던 날이었단다. 시내에서 멀리 떨어진 강가의 외딴집은 마치 날아갈 것처럼 흔들렸고, 유리창을 때리는 가랑눈은 그렇지 않아도 솜구름에 가려진 햇빛을 이중으로 가로막아 밤이 남긴 어둠은 여전히 방에서 물러날 낌새를 보이지 않았지. 전등이 꺼져 어둑어둑한 가운데 흰 천에 싸인 너희 어머니는 정신을 차리지 못하고 신음했다.

나는 한 학생과 하녀 한 명의 도움을 받아 불을 피우거나 물을 끓이고 심부름을 보내기도 했다. 산파가 새하얀 눈을 잔뜩 뒤집어쓰고 달려왔을 때는 다들 저도 모르게 한숨을 내쉬며 안도했지만, 한낮이 되고 시간이 더 흘렀는데도 출산할 기미가 보이지 않아 산파와 간호사의 얼굴에 걱정하는 기색이 드러나기 시작하는 걸 눈치채고 완전히 당황하고 말았지. 서재에 틀어박혀 결과나 기다리고 있을 수는 없게 되었다.

---

1) '나의 어머니'는 〈신가정〉 1917년 10월호에 실린 짧은 수필을 말한다.

나는 산모가 있는 방으로 내려가 아내의 두 손을 **꼭** 잡아 주
는 역할을 맡았다. 진통이 밀려올 때마다 산파는 소리치며 산모
를 격려하여 조금이라도 빨리 낳게 하려고 애를 썼다. 하지만
잠깐 고통스러워한 뒤에 산모는 이내 다시 깊은 잠에 빠져 버렸
단다. 모든 걸 잊은 듯이 편하게 코까지 골았다. 산파는 물론 나
중에 달려온 의사도 서로 얼굴을 마주 보며 한숨을 내쉴 뿐이었
지. 의사는 산모가 혼수상태에 빠질 때마다 뭔가 비상수단을 써
야 하는 게 아닌지 고민하는 듯했단다.

점심때가 지나자 문밖 눈보라는 점점 잦아들었다. 짙은 구름
을 뚫고 비치는 희미한 햇빛이 창에 쌓인 눈에 내려앉아 반짝이
기 시작했다. 하지만 산실에 있는 사람들은 점점 더 무거운 불
안의 구름에 뒤덮였지. 의사는 의사대로, 산파는 산파대로, 난
나대로 제각각 불안감에 사로잡혀 있었단다. 그런 가운데 아무
런 걱정도 없어 보이는 사람은 가장 무서운 운명의 늪에 빠져
있는 산모와 태아뿐이었다. 두 생명은 의식을 차리지 못하고 죽
음을 향해 잠들어 갔지.

정각 세 시였을 거다. 산기가 보이기 시작한 지 열두 시간째
였지. 저녁을 재촉하는 햇살 속에 마지막일 것으로 보이는 심한
진통이 왔단다. 산모는 끔찍한 꿈이라도 꾸듯 눈을 부릅뜨고 허
공을 응시하며 고통 때문이라기보다 두려움 때문에 얼굴이 일
그러졌다. 그리고 내 겨드랑이에 두 손을 집어넣더니 윗몸을 힘
껏 끌어당겨 부둥켜안았다. 젊은 나도 산모처럼 힘을 쓰지 않으
면 내 가슴이 으깨질 거라는 생각이 들 정도였단다. 그 자리에

있던 사람들은 저도 모르게 모두 자리에서 일어났단다. 의사와 산파는 정신 나간 사람처럼 큰 소리로 산모를 격려했지.

불현듯 산모의 손에 힘이 풀리는 게 느껴져 고개를 들고 살폈다. 산파의 무릎에는 핏기 없는 갓난아기가 누워 있었지. 산파는 공이라도 치듯 아기의 가슴을 연방 두드리면서 포도주를 가져오라고 했단다. 간호사가 그걸 가지고 왔지. 산파는 포도주를 대야에 따르라고 얼굴뿐만 아니라 말로도 지시했단다. 향긋한 냄새와 함께 대야의 더운 물은 핏빛으로 변했다. 산파는 갓 태어난 아기를 거기 담갔단다. 조금 뒤 한숨 소리도 나지 않는 긴장된 침묵을 깨고 아기의 희미한 첫 울음소리가 가냘프게 들리더구나.

그 순간 이 넓은 하늘과 땅 사이에 한 어미와 한 아기가 불쑥 나타난 것이다.

그때 너희 어머니는 나를 바라보며 힘없이 웃었지. 그 표정을 보니 괜스레 눈시울에 눈물이 고였다. 그걸 뭐라고 표현해야 좋을지 모르겠구나. 내 생명 전체가 내 눈에서 눈물을 짜냈다고나 해야 할까. 그때부터 모든 생활이 완전히 바뀌어 버렸단다.

너희들 가운데 첫째는 이렇게 해서 세상의 빛을 보았다. 둘째나 셋째도 출산의 어려움이야 차이가 있더라도 이 아비와 너희 어머니에게 준 신비감은 다를 바 없다.

이렇게 해서 젊은 부부는 차례차례 너희 셋의 부모가 되었다.

나는 그 무렵 이런저런 고민을 잔뜩 끌어안고 있었다. 늘 아등바등하면서도 무엇 하나 스스로 '만족'을 느끼지 못하고 있었지. 무슨 일이든 끙끙거리며 궁리한 뒤에야 받아들이는 성격이라 겉보기에는 평범한 생활을 하면서도 내 마음은 툭하면 고개를 드는 불안감 때문에 늘 안절부절못했다. 때론 결혼을 후회했다. 어떤 때는 너희들이 태어났다는 사실에 넌더리를 쳤다. 왜 내 삶의 방향을 제대로 잡지 못한 상태에서 결혼을 했는지, 아내가 있기 때문에 끌고 가야 하는 이런저런 짐을 왜 주렁주렁 매달고 살게 되었는지, 왜 두 사람의 육욕의 결과를 하늘이 내려 준 선물처럼 여겨야만 하는 건지. 가정을 꾸리기 위해 쓰는 노력과 정력을 다른 곳에 쏟아야 했던 것은 아닐까?

내 어수선한 마음 때문에 너희 어머니를 자주 울리고 서운한 마음이 들게 만들었다. 또 너희를 호되게 다루기도 했단다. 너희가 좀 심하게 울거나 다투는 소리가 나면 나는 그냥 넘어가지 못했지. 혹시 원고라도 쓰고 있을 때 너희 어머니가 자질구레한 집안일로 말을 걸거나 너희들이 소리 내어 울면 나는 책상을 두드리며 벌떡 일어섰다. 그리고 나중에는 뻔히 크게 후회할 것을 알면서도 심한 말을 퍼붓거나 너희를 호되게 나무랐다.

하지만 나만 알고 이해심이 없는 내게 운명이 벌을 내리는 날이 왔다. 도저히 다른 사람에게 너희를 맡겨 둘 수는 없어, 너희 셋을 매일 밤 자기 머리맡과 좌우에 눕혀 놓고, 밤새도록 하나를 재우고, 또 다른 자식에게는 우유를 데워 먹이고, 다른 하나에게는 쉬를 시키느라 제대로 잘 틈도 없이 모든 사랑을 쏟아붓던 너희 어머니는 41도나 되는 무서운 열 때문에 그만 몸져누웠다. 그것만 해도 당연히 놀랄 일이었는데 진찰하러 온 두 의사

가 하나같이 결핵으로 보인다는 이야기를 했을 때 나는 그저 새
파랗게 질릴 수밖에 없었다. 가래를 받아 검사한 결과는 의사들
의 판단이 맞았다는 사실을 뒷받침했다. 그리고 너희 어머니는
10월 말의 어느 쓸쓸한 가을날 네 살, 세 살, 두 살배기인 너희를
남겨 두고 입원해야 할 신세가 되고 말았다.

　나는 낮에 일을 마치면 쏜살같이 집으로 달려왔다. 그리고 너
희 가운데 한둘을 데리고 바삐 병원으로 갔지. 그 마을에 살기
시작했을 때부터 일을 해주던, 같은 절에 다니던 성실하고 꼼꼼
한 할머니가 병구완을 거들고 있었단다. 그 할머니는 너희들만
보면 돌아서서 눈물을 훔치곤 했다. 너희는 병상에 누운 어머니
를 보면 달려가 매달리려고 했지. 결핵이라는 사실을 아직 모르
던 너희 어머니는 보물을 보듬듯이 너희를 품에 안으려고 했단
다. 나는 적당히 떼어 놓아 너희가 병상에 다가가지 못하게 해
야만 했다. 충성을 하면서도 주변 사람들로부터 심한 오해를 받
아 변명해야만 하는 처지에 놓인 사람이나 맛볼 수 있는 심정
을 느낀 적이 한두 번이 아니었다. 그래도 나는 더 이상 화를 낼
용기가 없었다. 억지로 떼어 낸 너희들을 멀찌감치 떨어져 있게
했다가 데리고 집에 돌아갈 때는 대개 흐린 가로등 불빛이 거리
를 비추고 있었단다. 현관을 들어서면 일꾼만 빈집을 지키고 있
었다. 두세 명이나 되는 일꾼들은 남겨 두고 간 아기의 기저귀
도 갈아 주려고 하지 않더구나. 울어 대는 아기의 사타구니는
축축하게 젖어 있기 일쑤였지.

　너희는 유난히 낯을 가리는 아이들이었다. 가까스로 너희를

재우고 나서야 나는 살며시 서재로 들어가 책을 뒤적였단다. 몸은 피곤하고 머릿속은 들떠 있었다. 일을 마치고 잠자리에 들열한 시쯤이면 신경이 날카로워진 너희는 꿈을 꾸었는지 화들짝 놀라며 눈을 뜨곤 했다. 새벽녘이면 한 녀석이 젖을 달라고 보채기 시작하곤 했지. 그렇게 잠이 깨면 나는 아침까지 다시 잠을 이룰 수 없었다. 아침 식사를 마친 나는 새빨간 눈을 하고, 심이라도 박힌 듯한 머리를 감싸 안은 채 출근해야 했단다.

북쪽 지방인 홋카이도에 점점 겨울이 다가오고 있었다. 어느 날 병원으로 가니 너희 어머니는 병상에서 일어나 앉아 창밖을 바라보고 있다가 내 얼굴을 보더니 빨리 퇴원하고 싶다고 했다. 창밖의 단풍나무가 저렇게 된 걸 보니 마음이 불안하다는 거였단다. 입원할 때는 불타듯 나뭇가지를 장식하고 있던 잎이 하나도 남김없이 떨어지고, 화단의 국화도 서리를 이기지 못해 벌써 시들었더구나. 나는 저 쓸쓸한 풍경을 매일 지켜보게 해서는 안 되겠다는 생각이 들었다. 하지만 너희 어머니의 속마음은 그게 아니었지. 너희들과 한시도 떨어져 지낼 수 없었기 때문이란다.

드디어 퇴원하는 날. 싸라기눈이 내리고 차가운 바람이 횡횡 부는 궂은 날이었기 때문에 나는 말리려고 일을 마치자마자 바로 병원으로 달려갔다. 그런데 병실은 텅 비어 있었다. 병구완을 돕던 할머니가 너희 어머니에게 얻은 물건이며 방석, 다기 같은 걸 구석에서 부스럭부스럭 정리하고 있었지. 서둘러 집으로 가니 너희는 벌써 어머니를 둘러싸고 신이 나서 재잘거리고 있었다. 그 모습을 보니 눈물이 났다.

어느새 우리는 헤어질 수 없는 사람들이 되어 버렸다. 점점 다가오는 추위 앞에 우리 다섯 식구는 몸을 잔뜩 웅크리고 버티려는 잡초 줄기처럼 서로 기대어 온기를 나누려 하고 있었다. 그러나 북쪽 지방의 추위는 우리 다섯 식구의 온기로 당해 낼 수 없을 정도로 매서웠지. 나는 환자 한 명과 너희들을 추스르며 길 떠나는 기러기처럼 남쪽 지방으로 피해야만 했단다.

첫눈이 펑펑 쏟아지는 날이었다. 너희 셋을 낳고 키운 땅을 뒤로하고 길을 나선 것은. 잊을 수 없는 몇몇 얼굴은 어두운 정거장 플랫폼에서 우리에게 이별의 아쉬움을 전했다. 음울한 쓰가루 해협(津輕海峽)의 바다색도 뒤로했다. 도쿄까지 따라와 준 한 학생은 막내를 어미처럼 밤새 꼭 껴안고 있었지. 그런 이야기들을 쓰자면 한도 끝도 없단다. 어쨌든 우리는 무사히 이틀간의 피곤한 여행 끝에 가을이 깊을 대로 깊은 도쿄에 도착했다.

전에 지내던 곳과 달리 도쿄에는 많은 친척과 형제가 있어 우리에게 깊은 동정을 보내 주었다. 그게 내게 얼마나 큰 힘이 되었던지. 너희 어머니는 바로 K해안[2]에 있는 작은 임대 별장을 빌려 그곳에서 지내기 시작했고, 우리는 근처 여관에 숙소를 잡고 거기서 병문안을 다녔다. 한때는 병세가 호전되는 듯했지. 너희를 데리고 어머니와 나는 해안 모래언덕에 가서 해바라기를 하며 두세 시간 즐겁게 지내기까지 했단다.

---

2) 가나가와 현 가마쿠라(鎌倉)를 가리킨다. 아리시마 다케오의 아내 야스코(安子)는 1914년에 결핵에 걸려 가마쿠라로 이사했다. 야스코는 나중에 육군 대장을 지낸 남작 가미오 미쓰오미(1855~1927)의 차녀. 가미오 미쓰오미의 큰아들이 죽은 뒤 야스코의 셋째 아들이 외가의 대를 잇는다. 장남은 모리 마사유키(森雅之)란 예명으로 활동한 유명한 배우가 된다. 〈라쇼몬〉(1950년 구로자와 아키라 감독)에 출연했다.

운명이 어쩔 작정으로 그런 잠깐의 시간을 주었는지는 모르
겠다. 하지만 운명은 무슨 일이 있어도 자기 할 일은 반드시 하
고야 말았다. 그해가 저물어 갈 무렵, 너희 어머니는 잠깐 소홀
한 틈에 감기가 걸려 병세가 점점 나빠졌단다. 그리고 너희 가
운데 하나가 갑자기 원인도 알 수 없이 높은 열이 났다. 너희 어
머니에게는 차마 그런 사실을 알릴 수 없었지. 병든 아이는 그
아이대로 나를 잠시도 놔주려 들지 않았다. 너희 어머니는 왜
병문안을 오지 않느냐며 나를 탓했단다. 결국 나는 쓰러지고 말
았다. 병든 자식과 나란히 누워 평생 처음 겪는 높은 열에 시달
리며 신음해야 했다. 내 일? 일은 이미 나한테서 천리만큼 더 멀
어지고 말았지. 하지만 후회는 없었단다. 너희를 위해 마지막까
지 싸우겠다는 생각이 높은 열보다 더 뜨겁게 내 가슴속에서 불
타오르고 있었을 뿐이다.

새해가 밝은 지 얼마 되지 않아 비극은 절정에 이르렀다. 너희
어머니에게 결핵이라는 병명을 알려야만 하는 지경에 이르렀
다. 그 어려운 역할을 맡아 준 의사가 돌아간 뒤에 본 너희 어머
니의 얼굴은 내 기억 속에서 평생 나를 괴롭힐 것이다. 창백하면
서도 후련하다는 듯한 얼굴로 베개를 베고 누운 채 미소로 싸늘
한 각오를 전하며 조용히 나를 바라보았지. 그 얼굴에는 죽음에
대한 Resignation[3]과 함께 너희들에 대한 뿌리 깊은 집착이 또렷
하게 새겨져 있었다. 섬뜩하기까지 한 표정이었지. 처연한 기분
에 싸여 나도 모르게 고개를 숙이고 말았단다.

---

3) 체념, 단념. 이 소설의 배경을 이루는 시대에는 결핵이란 거의 불치병으로 여겨졌다.

결국 H해안[4]에 있는 병원에 입원해야 하는 날이 왔다. 너희 어머니는 병이 완전히 낫기 전에는 죽어도 너희를 만나지 않겠다는 각오를 굳히고 있었다. 다시는 입지 못할 듯한 —그리고 실제로 다시 입지 못한— 화사한 나들이옷을 입고 앉아 친정어머니와 시어머니 앞에서 하염없이 눈물을 흘렸다. 여자지만 마음이 아주 굳센 너희 어머니는 나와 단둘이 있을 때도 우는 모습을 보인 적이 없다고 해도 좋을 정도였는데, 이때는 하염없이 눈물을 흘리더구나. 그 뜨거운 눈물은 너희들이 소중하게 간직해야 할 고귀한 소유물이다. 물론 그건 이제 말라 버렸다. 드넓은 하늘을 지나는 구름 한 조각이 되었는지, 계곡을 흐르는 물 한 방울이 되었는지, 한없이 넓은 바다의 거품 하나가 되었는지, 아니면 뜻밖의 사람 눈물샘에 담겨 있는지 그건 알 수 없다. 하지만 그 뜨거운 눈물은 어쨌든 너희의 고귀한 소유물이다.

너희는 자동차가 있는 곳까지 어머니를 배웅하러 갔다. 하나는 열병을 앓고 난 뒤라 걸을 수 없어 하녀가 등에 업었고, 한 명은 아장아장 걸었다. 막내는 너희 어머니 마음을 너무 아프게 만들 거라는 할머니와 할아버지의 염려 때문에 데리고 오지 않았지. 그런데 아무것도 모르는 너희들의 놀란 눈은 커다란 자동차만 구경하더구나. 너희 어머니는 쓸쓸한 표정으로 그 모습을 바라보았다. 자동차가 움직이기 시작하자 하녀가 시킨 대로 너희는 군인처럼 거수경례를 했다. 너희 어머니는 살짝 웃으며 고

---

4) 가나가와 현의 히라쓰카(平塚)를 말한다. 1915년 아리시마 다케오의 아내 야스코는 가마쿠라를 떠나 히라쓰카에 있는 교운도병원(杏雲堂病院)에 입원했다.

개를 숙였지. 너희는 앞으로 어머니를 영원히 보지 못하게 될 거라는 생각은 하지 못했을 것이다. 불쌍한 것들.

그로부터 너희 어머니가 마지막 숨을 거둘 때까지, 1년 7개월 동안 우리는 치열한 전투를 벌였다. 너희 어머니는 죽음을 최선의 자세로 맞이하기 위해, 너희들에게 가장 큰 사랑을 남기기 위해, 나를 낱낱이 이해하기 위해 싸웠다. 나는 너희 어머니를 병마로부터 구해 내기 위해, 나에게 닥쳐온 운명을 사나이답게 받아들이기 위해 싸웠지. 너희는 이해할 수 없는 운명으로부터 자신을 해방시키기 위해서, 익숙하지 않은 상황에 스스로를 끼워 넣기 위해 싸웠다. 피투성이가 되도록 싸웠다고 해도 괜찮을 거다. 나나 너희 어머니, 너희는 몇 번이고 총탄에 맞고 칼에 맞아 쓰러졌다가는 다시 일어나고 또 쓰러지곤 했겠지.

너희가 여섯 살, 다섯 살, 네 살이 된 해 8월 2일, 죽음이 덮쳤다. 죽음은 모든 것을 압도했다. 그리고 죽음은 모두를 구원했다.

너희 어머니 유언장 가운데 가장 숭고한 부분은 너희들에게 남긴 한 구절이었지. 만약 이 글을 읽게 된다면 너희 어머니 유서도 함께 읽어 보는 게 나을 것이다. 너희 어머니는 피눈물을 흘리면서도 결코 너희를 만나지 않겠다는 결심을 굽히지 않았단다. 그건 병균이 옮을까 봐 걱정해서만은 아니었다. 너희들의 맑은 마음에 잔혹한 죽음의 모습을 보여 주어 평생을 더욱 어둡게 만들까 봐 두렵고, 무럭무럭 자라나야 할 영혼에게 자칫 큰 상처를 남길까 봐 두려웠던 거다. '어린아이에게 죽음을 알게 하는 일은 무익할 뿐만 아니라 유해하다. 장례식 때는 하녀를

아이들에게 붙여 주어 즐겁게 하루를 보낼 수 있도록 해 달라.'
너희 어머니는 이렇게 썼단다.

  '자식을 생각하는 부모의 마음은
  세상을 비추는 햇빛처럼 크다.'
  라는 시를 적기도 했지.

  어머니가 세상을 떠났을 때, 너희는 마침 신슈[5]에 있는 산에
가 있었다. 만약 너희 어머니의 임종을 보지 못한다면 평생 한
스러울 거라고까지 적어 보낸 너희 숙부에게 억지로 부탁해, 너
희를 산에서 내려오지 못하게 했던 나를 너희는 잔혹하다고 생
각할 수 있을지도 모르겠구나. 지금 시각이 열한 시 반이다. 이
글을 쓰는 이곳 바로 옆방에서 너희는 베개를 나란히 베고 자고
있다. 너희는 아직 어리단다. 너희가 내 나이가 되면 내가 한 일
을, 즉 어머니가 하려고 한 일이 가치 있다는 것을 깨달을 날이
올 테지.

  나는 그간 어떤 길을 지나왔던가. 너희 어머니의 죽음을 계기
로 나는 내가 살아가야 할 큰 길로 나서게 되었다. 스스로를 아
끼며 길을 잃고 헤매지 않고 지나갈 수 있으면 된다는 걸 알게
되었다. 나는 일찍이 소설 속에서 자기 아내를 희생시키기로 결
심한 한 사내의 이야기를 쓴 적이 있단다.[6] 실제로도 너희 어머
니는 나 때문에 희생되었다. 나처럼 지닌 능력도 제대로 쓸 줄
모르는 인간은 없을 거다. 내 주위 사람들은 나를 소심하고, 어

---

5) 信州. 지금의 나가노 현,
6) 〈실험실〉(1917년)이라는 단편소설을 말한다. 병의 진짜 원인을 밝히기 위해 주위의 반대를
  물리치고 아내의 시체를 해부하는 의사를 그린 작품이다.

리석으며, 능력 없는 불쌍한 남자로밖에 보지 않았다. 나의 소심함, 어리석음, 무능을 철저하게 들여다본 사람은 없었다. 그런데 너희 어머니가 그걸 해주었다. 나는 나의 나약함에서 힘을 발견하기 시작했다. 나는 내가 잘하지 못하는 부분에서 할 일을 찾아냈다. 대담할 수 없는 부분에서 대담함을 발견했다. 예민하지 못한 부분에서 예민함을 찾아냈지. 바꿔 말하자면 나는 내가 얼마나 어리석은지 꿰뚫어보게 되었고, 대담하게 자신이 소심하다는 사실을 인정하고, 애써 자신의 무능을 체험했다. 나는 이런 힘을 가지고 스스로를 채찍질해 다른 이들을 도울 수 있을 거라고 생각한다. 너희들이 내 과거를 살펴볼 일이 있다면 아비가 헛살지 않았다는 사실을 알고 기뻐할 것이다.

혹시 비라도 내려 우울한 분위기가 집 안에 가득 차는 날이면 너희 가운데 한 명이 살며시 내 서재로 들어온다. 그리고 아빠, 라는 한마디만 하곤 내 무릎에 기대어 훌쩍훌쩍 울기 시작하지. 아아, 무엇인가가 천진난만한 너희에게 눈물을 요구하는 것이다. 불쌍한 것들. 이 세상에 너희가 까닭 없는 슬픔에 잠기는 걸 보는 것보다 더 애처로운 마음이 드는 일은 없다. 또 너희가 내게 아침에 기운차게 인사를 한 뒤 너희 어머니 사진 앞으로 달려가 "엄마, 안녕하세요." 하며 쾌활하게 외치는 순간만큼 내 마음 깊숙한 곳을 푹 도려내는 듯한 순간은 없다. 나는 그때 흠칫 놀라며 무겁(無劫)의 세계7를 보게 된다.

세상 사람들은 내 술회를 어리석은 짓이라고 생각할 게 틀림

---

7) 시간이 정지하여 순식간에 영원의 진리가 나타나는 불교적 세계를 말한다.

없다. 왜냐하면 아내의 죽음이란 여기저기서 흔히 일어나는 일 가운데 하나에 지나지 않으니까. 그런 일을 중대하게 여길 만큼 세상 사람들은 한가하지 않지. 그건 분명 맞다. 하지만 그렇다고는 해도 나뿐 아니라 너희도 결국 어머니의 죽음을 무엇보다 슬프고 안타깝게 여길 때가 올 것이다. 세상 사람들이 뭐라고 하건 그걸 부끄럽게 여겨서는 안 된다. 그건 부끄러워할 일이 아니다. 우리는 그 흔한 일을 통해서도 인생의 쓸쓸함과 깊이 있게 맞닥뜨려 볼 수 있단다. 작은 게 작은 것이 아니다. 큰 게 큰 것이 아니다. 모두 마음에 달려 있는 문제다.

어쨌든 너희는 보기에도 측은한 인생의 싹이다. 울건 웃건 즐거워하건 쓸쓸해하건 너희들을 지켜보는 이 아비는 측은해서 마음이 아프다.

그러나 이 슬픔이 우리에게 얼마나 큰 장점이 되는지 너희는 아직 모를 것이다. 우리는 이 상실 덕분에 더욱 깊이 있는 삶을 살게 되었지. 우리는 이 대지에 뿌리를 어느 정도 내린 셈이란다. 인생을 살아가는 이상 깊이 있는 삶을 살지 못한다면 그건 재앙이다.

동시에 우리는 내 슬픔에만 빠져 있어서는 안 된다. 너희 어머니는 세상을 뜨기 전까지 돈 걱정으로부터는 자유로웠다. 먹고 싶은 약을 뭐든 복용할 수 있었다. 먹고 싶은 음식은 뭐든 먹을 수 있었다. 우리는 우연히 사회 조직 덕분에 이러한 특권 아닌 특권을 누렸다. 너희는 어쩌면 U씨 일가를 어렴풋이나마 기억할 것이다. 죽은 남편으로부터 결핵이 옮은 U씨가 그 이지적인

성격에도 불구하고 덴리교(天理敎)를 믿으며, 그 기도로 병을 치
유하려고 했던 그 심정을 생각하면 나는 견딜 수가 없다. 약이
효과가 있는지, 기도가 효과가 있는지는 모르겠다. 하지만 U씨
는 의사가 주는 약을 먹고 싶어 했단다. 하지만 그럴 수 없었지.
U씨는 매일 하혈을 하면서도 직장에 나갔다. 손수건을 두른 목
에서는 갈라진 목소리밖에 나오지 않았다. 일을 하면 병이 깊어
진다는 사실은 뻔히 알고 있었다. 알면서도 U씨는 기도에 의지
했지. 노모와 두 자식이 함께 생활하기 위해 씩씩하게 계속 일
을 했단다. 그리고 병이 깊어진 뒤에야 몇 푼 없는 돈을 털어 구
한 주사약은 시골 의사의 부주의로 정맥을 벗어나 열이 심하게
났지. 그리고 U씨는 돈 한 푼 없는 노모와 어린아이만 남기고
다시는 일어나지 못하게 되었다. 그 사람들은 우리 이웃에 살고
있었다. 이 얼마나 아이러니한 운명이란 말이냐. 너희는 어머니
의 죽음을 떠올리면서 U씨도 함께 기억해야만 한다. 그리고 그
무서운 격차를 메우기 위한 노력을 해야 한다. 너희 어머니의
죽음은 너희 사랑을 그 정도까지 넓히기에 충분하다고 생각되
어 이야기하는 것이다.

　이 세상은 충분히 애처롭다. 우리가 이렇게 말하고 그냥 넘어
갈 수 있을까? 너희들과 나는 피를 맛본 괴수처럼 사랑을 맛보
았다. 가자, 그리고 될 수 있으면 우리 주위를 애처로움으로부
터 구원하기 위해 노력하자. 나는 너희를 사랑한다. 그리고 영
원히 사랑한다. 그건 너희로부터 보답을 받기 위해서가 아니다.
너희를 사랑하는 법을 가르쳐 준 너희에게 내가 요구할 것은 오

로지 내 감사를 받아 달라는 것뿐이다. 너희가 성인이 되었을 때, 그때 이미 나는 죽었을지도 모른다. 열심히 일하고 있을지도 모르지. 늙어서 별 쓸모가 없는 사람이 되어 있을지도 모른다. 하지만 그 어떤 경우건 너희들이 도와야 할 사람은 내가 아니란다. 너희의 젊은 활력이 이미 내리막길을 걸으려고 하는 나 같은 사람 때문에 번거로워져서는 안 된다. 쓰러진 부모를 뜯어 먹고 힘을 얻는 새끼 사자처럼 힘차고 씩씩하게 나를 내버리고 너희 인생에 도전하기 바란다.

이제 시계가 자정을 지나 1시 15분 전을 가리키고 있다. 고요한 밤의 침묵 속에 너희들의 평화로운 숨소리가 이 방까지 희미하게 들려오는구나. 내 앞에는 너희 숙모가 너희 어머니에게 보낸 장미꽃이 사진 앞에 놓여 있다. 그 모습을 보니 내가 저 사진을 찍어 주었을 때가 떠오르는구나. 그때 너희들 가운데 맏이가 어머니 뱃속에 들어 있었다. 너희 어머니는 자신도 알 수 없는 불가사의한 소망과 두려움 때문에 내내 힘들어했다. 그 무렵 너희 어머니는 참 아름다웠다. 그리스 어머니들을 흉내 내는 거라며 방 안에 멋진 초상화를 걸어 두었단다. 그 가운데는 미네르바[8]의 상과 괴테의 초상, 크롬웰이나 나이팅게일 여사의 초상이 있었다. 그 소녀 같은 야심을 그때 나는 살짝 빈정거리는 심정으로 구경했지만 지금 생각하면 도저히 그저 웃어넘길 수만은 없는 일이다. 내가 너희 어머니에게 사진을 찍어 주겠다고 했더니 한껏 화장을 하고 가장 화려한 옷을 입고 내가 있는 이층 서

___
8) Minerva. 로마 신화에서 공예, 예술, 지혜를 관장하는 여신.

재로 올라왔다. 나는 아주 깜짝 놀라 그 모습을 바라보았다. 너희 어머니는 쓸쓸하게 웃으며 내게 말했다. "출산이란 여자에게는 전쟁터에 나가는 것이다. 튼튼한 아기를 낳느냐 죽느냐, 둘 중 하나다. 그래서 임종 때 입을 만한 옷차림을 한 것이다." ─그때도 나는 철없이 웃고 말았지. 하지만 이제 웃어서는 안 될 일이라는 걸 안다.

깊은 밤의 침묵이 나를 엄숙하게 만든다. 내 앞에는 책상을 사이에 두고 너희 어머니가 앉아 있는 기분이 드는구나. 너희 어머니의 사랑은 유서에도 적혀 있듯이 반드시 너희들을 지켜 낼 것이다. 잘 자거라. 신비로운 시간의 작용에 너희를 맡기고 푹 자거라. 그리고 내일은 어제보다 더 자라고 현명해져 잠에서 깰 것이다. 나는 내 역할을 하기 위해 최선을 다할 것이다. 내 일생이 어떠한 실패를 하더라도, 또 어떠한 유혹에 무릎을 꿇더라도, 너희가 내 발자국에서 불순한 무엇인가를 발견하는 일은 없도록 하마. 반드시 그럴 것이다. 너희는 내가 쓰러진 곳에서 새로운 발걸음을 떼야 한다. 하지만 어느 방향으로 어떻게 걸어야하는지는 어렴풋이나마 나의 발자국에서 찾아낼 수 있을 것이다.

내 어린 것들아. 불행한 그리고 동시에 행복한 너희들의 아비와 어머니의 축복을 가슴속에 간직하고 세상 여행을 떠나거라. 갈 길은 멀다. 그리고 어둡다. 하지만 두려워해서는 안 된다. 두려움 없는 사람 앞에 길은 열린다.

가거라, 용기를 내서. 내 어린것들아.

형제

弟兄

魯迅

루쉰 지음 | 유소영 옮김

처리할 업무가 그다지 많지 않은 공익국(公益局) 사무실에서 몇 사람이 평소나 다름없이 잡담을 나누고 있었다. 친이탕(秦益堂)이 물담뱃대를 받쳐 든 채 기침을 너무 심하게 하는 바람에 사람들이 잠시 입을 다물었다.

한참이 지나고 나서야 친이탕은 여전히 밭은 숨을 몰아쉬며 벌겋게 달아오른 얼굴을 들어 올렸다.

"어제도 또 붙었어. 안채에서 대문까지 가는 동안 계속 싸움질을 해 대는데. 아무리 호통을 쳐도 말릴 수가 있어야지."

그의 입 주변에 난 허연 수염 몇 가닥이 부르르 떨렸다.

"셋째가 그러더군. 다섯째가 채권 사느라 까먹은 돈을 절대 공동 비용에서 빼 쓸 수 없다고 말이야. 당연히 다섯째가 따로 계산을 해야 한다고……."

"거봐요, 또 돈 때문이잖아요."

낡아 빠진 의자에 앉아 있던 장페이쥔(張沛君)이 분개하며 자리에서 일어섰다. 깊은 눈망울이 다정다감해 보였다.

"정말 이해가 안 되네요. 형제들끼리 왜 그렇게 따진대요? 엎어치나 메치나 그게 그거 아닌가?"

"자네 형제들 같은 사람이 또 어디 있을라고."

이탕이 말했다.

"우린 그런 거 잘 안 따져요. 둘 다 돈이니 재산이니 모두 관심 밖이라서. 그렇게 사니까 딱히 문제 생길 일도 없더라고요. 재산 때문에 옥신각신하는 사람들을 보면 항상 우리 집 이야기를 해주면서 너무 그렇게 따지며 살지 말라고 충고를 하곤 하는데. 영감님도 아드님들을 잘 타이르시면……."

"그게……."

이탕이 고개를 절레절레 흔들었다.

"아마 잘 안 될걸요."

왕웨성(汪月生)이 이렇게 말하며 존경해 마지않는 눈빛으로 페이쥔을 바라보았다.

"정말 자네 형제 같은 사람들 흔치 않아. 여태껏 본 적이 없다니까. 둘 다 이기적이란 말과는 거리가 먼 사람들이야. 정말 쉽지 않은 일인데."

"그런데 그 녀석들은 안채에서 대문까지 가는 동안 계속 싸움질을……."

이탕이 말했다.

"아우는 여전히 바쁘지?"

웨성이 물었다.

"일주일에 수업이 열여덟 시간이나 되는데다가 작문을 아흔세 편이나 봐줘야 된대요, 정말로 눈코 뜰 새가 없는가 봐요. 요 며칠 휴가예요. 열이 있는 걸 보니 감기가 온 게 아닌지……."

"조심해야 돼."

웨성이 조심스럽게 말했다.

138

“오늘 신문에 보니 지금 유행성 질병이……”

“유행성 질병이라뇨?”

페이쥔이 깜짝 놀라 황급히 물었다.

“확실히는 모르겠고, 무슨 ‘열’이라고 했는데……”

페이쥔이 신문 게시판이 있는 곳으로 성큼성큼 걸어갔다.

“정말 보기 드문 형제들이에요,”

웨성이 그의 뒷모습을 바라보며 이렇게 말한 후 친이탕에게 찬사를 늘어놓았다.

“저 집 형제는 서로가 마치 분신 같아요. 세상 모든 형제들이 저 사람들 같다면 집안에서 싸울 일이 없을 텐데. 전 저렇게는 못하겠어요.”

“채권으로 까먹은 돈을 공동 비용에서 처리할 수 없다고 하니……”

이탕이 불을 붙인 종이로 담뱃대에 불을 붙이면서 지긋지긋하다는 듯이 말했다.

잠시 사무실 안에 정적이 감도는가 싶더니 곧 이어 페이쥔의 발소리와 함께 그가 사환을 부르는 소리가 들렸다. 페이쥔은 금방 난리라도 날 것처럼 떨리는 목소리로 말을 더듬거렸다. 그는 사환을 부르더니 당장 푸티쓰 선생에게 전화를 걸어 퉁싱 아파트 장페이쥔 집으로 왕진을 부탁하라고 했다.

웨성은 페이쥔이 평소 서양의학을 신봉한다는 것은 잘 알고 있었다. 하지만 변변치 못한 벌이 때문에 얼마나 절약을 하는지도 잘 아는 터였다. 그런 페이쥔이 비싸기로 소문난 서양 명의를 찾는 것을 보니 그가 얼마나 다급한 심정인지 짐작할 수 있을 것 같았다. 바깥으로 나가 보니 페이췬이 시퍼렇게 질린 얼굴로 사환이 전화하는 모습을 지켜보고 있었다.

"왜 그러는데?"

"신문에…… 그 유행병이라는 게 성……성홍열이래요. 오, 오후에 출근할 때 징푸(靖甫) 얼굴이 온통 벌겋게 달아올라서…… 벌써 나갔다고? 그럼…… 좀 찾아봐 달라고 다시 전화해. 선생님 좀 찾아가지고, 퉁싱 아파트, 퉁싱 아파트……."

그는 사환이 통화를 마치자 서둘러 사무실로 돌아와 모자를 챙겼다. 덩달아 마음이 초조해진 웨성 역시 그를 따라 사무실 안으로 들어왔다.

"국장님 오시면 조퇴 신청 좀 해주세요. 집에 환자가 생겨서 의사를 부르러 간다고요."

그가 연거푸 고개를 끄덕이며 말했다.

"어서 가 봐. 국장님이야 안 오실지도 모르고."

웨성이 말했다.

페이췬은 그 소리를 듣는 둥 마는 둥 서둘러 사무실을 빠져나갔다.

거리로 나온 페이췬은 몸이 실해 보이는 인력거꾼을 발견하자 평소와 달리 흥정도 하지 않은 채 대충 삯을 물어보고는 곧장 인력거에 올랐다.

"좋소. 빨리만 가 주쇼!"

아파트는 평소와 다름없이 조용하고 아늑했다. 여느 때처럼 어린 사환 하나가 입구에 앉아 후친(胡琴)[1]을 켜고 있었다. 아우가 있는 침실로 들어선 페이쥔은 가슴이 더욱 요란하게 방망이질치기 시작했다. 아우의 얼굴이 아침보다 훨씬 더 벌겋게 달아오르고 기침도 더 심해진 것 같았기 때문이다. 그는 손을 뻗어아우의 머리를 만져 보았다. 어찌나 뜨거운지 손을 델 것만 같았다.

"무슨 병인지 모르겠어. 괜찮겠지?"

징푸가 뭔가 심상치 않다고 느끼는 듯 잔뜩 의심스러운 눈초리로 물었다.

"괜찮아. ……그냥 감기 몸살일 거야."

그가 대충 얼버무렸다.

평소 미신 타파를 주장한 그였지만 징푸의 모습이나 말투에 왠지 불길한 생각이 들었다. 환자 자신이 뭔가 예감하고 있는 건 아닐까? 한층 더 불안해진 그는 밖으로 나가 조용히 사환을 불렀다. 페이쥔은 그에게 병원에 전화를 걸어 푸 선생을 찾았는지 물어보라고 했다.

"네, 네. 아직 못 찾았다고요?"

사환이 전화통에 대고 말했다.

페이쥔은 안절부절 어찌할 바를 몰랐다. 하지만 이렇게 초조한 마음 한구석에 문득 성홍열이 아닐지도 모른다는 생각이 들었다. 푸 선생은 찾을 수 없으니…… 그러면 같은 건물에 사는

---

1) 중국 현악기의 하나.

한의사 바이윈산(白問山)에게 물어보면 혹시 병명이라도 알 수 있지 않을까? 하지만 예전에 한의들을 몇 번 비난한 적도 있고, 어쩌면 조금 전 푸 선생을 찾는 전화 소리를 들었을지도 모르는데…….

그는 하는 수 없이 바이윈산을 찾아갔다.

바이 선생은 뜻밖에 아주 흔쾌히 대모(玳瑁)²테 안경을 쓰고 그와 함께 징푸의 방으로 와 주었다. 그는 맥을 짚고 환자의 얼굴을 가만히 들여다보더니 상의를 벗겨 가슴을 살펴보았다. 이어 차분히 인사를 한 뒤 그의 방으로 돌아갔다. 페이쥔이 그의 뒤를 따랐다.

그는 페이쥔에게 자리에 앉도록 권했다. 그리고 아무 말도 하지 않은 채 입을 꼭 다물고 있었다.

"형님, 제 동생은……."

그가 답답한 마음에 먼저 입을 열었다.

"홍반사야. 발진이 생겼던데."

"그럼, 성홍열은 아니고요?"

페이쥔이 조금 안심이 된 듯 이렇게 물었다.

"서양 의사들은 성홍열이라고 하지만 우린 그걸 홍반사라고 해."

바이 선생의 말에 그는 손발이 싸늘해졌다.

"치료가 가능한가요?"

그가 걱정스러운 얼굴로 물었다.

---

2) 거북의 등껍질.

"가능하긴 하지. 운이 좋으면 말이야."

페이췬은 반쯤 얼이 나간 모습으로 약 처방을 받아들고 방을 나왔다. 전화기 옆에 이르자 그는 다시 푸 선생 생각이 났다. 병원에 물어보니 푸 선생을 찾긴 했는데 너무 바빠서 저녁 늦게나 아니면 내일 아침에야 올 수 있을지 모르겠다는 답변이었다. 그는 오늘 꼭 오셔야 한다고 신신당부를 했다.

방으로 들어간 그는 불을 켠 다음 아우의 얼굴을 들여다보았다. 징푸의 얼굴이 더 빨갛게 달아올라 있었다. 확실히 반점도 더욱 붉어지고 얼굴도 부어 있었다. 페이췬은 자리에 앉았다. 마치 바늘방석에 앉은 것만 같았다. 점점 날이 어두워지면서 사방이 조용해졌다. 초조하게 기다린 탓인지 자동차 경적 소리가 평소보다 유난히 더 또렷하게 들렸다. 이따금 그는 푸 선생의 자동차 소리가 아닐까 하는 생각에 후다닥 밖으로 뛰어나가 봤지만, 입구에 이르기도 전에 차는 쌩하니 지나가 버리고 말았다. 맥이 빠져 다시 발길을 돌려 마당을 지나면서 보니 벌써 서쪽 하늘에 은백색 달이 솟아 있었다. 땅바닥에 비친 이웃집 홰나무 고목의 시커먼 그림자 때문일까, 그는 마음이 더욱 우울해졌다.

갑자기 까마귀 울음소리가 들려왔다. 홰나무 고목에 까마귀 둥지가 서너 개나 있어서 평소 자주 듣던 소리였지만 그는 흠칫 놀라 그 자리에 걸음을 멈추고 말았다. 두근거리는 가슴으로 징푸의 방에 들어서니 아우는 얼굴이 퉁퉁 부은 채 눈을 감고 누워 있었다. 잠이 들지 않았는지 아우가 그의 발소리에 눈을 떴다. 불빛 아래 그의 두 눈빛이 유난히 처량해 보였다.

"편지야 ? "

징푸가 물었다.

"아, 아니. 나야."

당황한 그는 더듬더듬 대답했다.

"나야. 양의에게 보이면 좀 더 빨리 낫지 않을까 싶어서. 그런데 아직 오질 않네."

징푸는 아무 대꾸도 하지 않은 채 눈을 감았다. 페이쥔은 창문 앞 탁자 옆에 앉았다. 사방이 고요한 가운데 들리는 것이라고는 환자의 거친 숨소리와 째깍째깍 자명종 돌아가는 소리뿐이었다. 그는 이따금 들려오는 자동차 경적 소리에 바짝 긴장해서 귀를 기울였다. 점점 소리가 가까이 다가오다가 문 앞에 멈춰서는가 싶으면 다시 멀어져 갔다. 이러기를 여러 차례, 그는 경적 소리가 참으로 다양하다는 생각이 들었다. 휘파람 소리, 북소리, 방귀 소리, 개 짖는 소리, 오리 울음소리, 소 울음소리, 암탉이 놀라는 소리, 울먹이는 소리 등등. 그는 갑자기 자신이 원망스러웠다. 왜 좀 더 일찍 푸 선생 차의 경적 소리가 어떤지 신경을 쓰지 못했을까?

맞은편에 사는 이웃은 아직 귀가 전이었다. 늘 그랬던 것처럼 극을 보러 가거나 어디 기생집이라도 가서 시시덕거리고 있겠지. 밤이 점점 깊어 가면서 오가는 차량도 점점 더 줄어들었다. 새하얀 달빛이 종이창을 환하게 밝히고 있었다.

기다리다 지친 그는 몸도 마음도 서서히 풀어지면서 차 소리에도 점점 관심이 멀어졌다. 하지만 어느 한순간 다시 심란한 생각이 밀려들었다. 징푸는 분명 성홍열일 거야. 고칠 수도 없을 거야. 그럼 이제 집안 살림은 어떻게 꾸려 나가지? 나 혼자 벌어야 하는 건가? 대도시는 아니지만 그래도 물가는 점점 오르고 있었다. 내 아이가 셋, 징푸의 아이가 둘이니 그냥 먹여 살리는 것만 해도 어려운데 학교 공부는 제대로 시킬 수 있을까? 한둘만 학교를 보낸다 치자, 그럼 제일 똑똑한 우리 아이 캉얼(康兒)을 보내야겠지. 하지만 그렇게 하면 사람들은 분명히 동생 자식들을 홀대한다고 비난할 거야…….

장례는 어찌 치러야 하나? 관을 살 돈도 없는데 고향까지 운구는 또 어떡하고. 할 수 없지, 잠시 의장(義莊)3에 맡겨 두는 수밖에…….

갑자기 멀리서 발소리가 들려왔다. 그는 자리에서 벌떡 일어나 밖으로 나갔다. 맞은편에 사는 이웃이었다.

"선제께서 백제성에서……."4

페이쥔은 흥얼흥얼대는 그의 노랫소리에 실망과 함께 화가 치밀어 올라 당장이라도 달려들어 욕을 퍼붓고 싶었다. 그때 다시 남포등을 치켜든 사환 뒤로 그 불빛을 따라오는 구두가 보였다. 큰 키에 하얀 얼굴, 시커먼 구레나룻이 어슴푸레 눈에 들어왔다. 바로 푸티쓰였다.

---

3) 자선이나 공익 차원에서 영구를 임시로 보관해 주던 공공 영안실.
4) 경극 〈실가정(失街亭)〉 중 제갈량이 부르는 부분. 선제인 유비가 이릉 전투에서 오나라 육손에 패배하여 백제성에서 죽음을 맞이한 이야기로, 여기서 페이쥔은 마치 동생 징푸가 유비, 백제성이 자신들이 살고 있는 울타리를 말하고 있는 것 같다는 불안한 생각 때문에 화가 치민다.

그는 보물이라도 발견한 것처럼 잽싸게 달려 나가 환자가 있는 방으로 의사를 안내했다.

두 사람 모두 침상 앞에 섰다. 페이췬이 등불을 쳐들었다.

"선생님, 열이 나고……."

페이췬이 가쁜 숨을 몰아쉬며 말했다.

"언제부턴가요?"

푸티쓰는 두 손을 바지 주머니에 넣은 채 환자의 얼굴을 들여다보며 천천히 물었다.

"그저께, 아니, 그……그끄저께요."

푸 선생은 조용히 맥을 짚어 보았다. 그러고는 페이췬에게 등불을 높이 들어 올려 환자의 얼굴을 비추게 하고는 환자 얼굴을 자세히 들여다보았다. 이어 이불을 젖히고 환자의 옷을 풀도록 한 다음, 환자를 훑어보고 손가락을 펴서 배를 눌러 보았다.

"Measles……."

푸티쓰가 나지막이 중얼거렸다.

"홍역입니까?"

기쁜 나머지 페이췬의 목소리가 부르르 떨렸다.

"그래요."

"그냥 홍역이라고요?"

"그렇소."

'홍역을 앓은 적이 없었던 거야?'

기쁨에 들떠 징푸에게 이렇게 물어보려던 그는 책상 쪽으로 향하는 푸 선생을 보고 그의 뒤를 따랐다. 의사 선생은 다리 하나를 의자에 올린 채 책상 위에 있던 편지지 한 장을 집었다. 그리고 편지지를 책상 위에 대고 주머니에서 꺼낸 몽당연필로 글자를 휘갈겨 썼다. 약 처방이었다. 뭐라고 썼는지 잘 알아볼 수가 없었다.

"약국 문을 닫지 않았을까요?"

페이쥔이 처방을 받아 들며 물었다.

"내일 해도 됩니다. 내일 먹여요."

"내일 다시 진찰을……."

"괜찮습니다. 시고 맵고 너무 짠 건 먹지 않도록 하시오. 열이 내린 다음에 소변을 받아서 병원으로 가져오세요. 소변 검사면 됩니다. 깨끗한 유리병에 담아 오세요. 병에 이름을 쓰고요."

푸 선생은 이렇게 말하며 5위안짜리 지폐 한 장을 받아 호주머니에 넣은 후 방을 나갔다. 배웅을 나간 그는 푸 선생이 차에 올라 시동을 거는 것을 보고 막 뒤돌아서 문으로 들어서려는데 뒤에서 웅— 웅 하는 소리가 들렸다. 그제야 그는 의사 선생의 차 소리가 소 울음소리 같다는 생각이 들었다. 하지만 이제 알아봐야 소용없는 일이었다.

방안의 불빛마저 화사하게 느껴졌다. 모든 일이 잘 해결된 것처럼 주위가 평온한데 그의 마음은 이상하게 텅 빈 것만 같았다. 그는 뒤따라 들어온 사환에게 돈과 처방을 건네면서 내일 아침 일찍 메이야 약국에 다녀오도록 했다. 푸 선생이 유일하게 믿을 만한 약국이라고 알려준 곳이다.

"동성 쪽에 있는 메이야 약국이야! 꼭 거기 가서 사와야 돼!
잊지 마, 메이야 약국!"

그는 밖으로 나가는 사환 뒤꼭지에 대고 말했다.

달빛이 마당을 한가득 환하게 밝히고 있었다. '백제성'에 사
는 이웃들은 모두 잠이 들었는지 사방이 고요한 가운데 탁자 위
에 놓인 자명종만 명쾌하게 리듬에 맞춰 째깍째깍 돌아가고 있
었다. 환자의 숨소리가 들리긴 했지만 그 역시 매우 고르고 규
칙적이었다. 자리에 앉은 지 얼마 지나지 않아 그는 갑자기 기
분이 좋아졌다.

"아니, 이렇게 나이가 들 때까지 홍역도 안 했단 말이야?"

그는 무슨 기적이 일어난 것처럼 신기해하면서 물었다.

"……"

"아마 기억이 안 나겠지. 어머니한테나 물어봐야 알겠다."

"……"

"참, 어머니도 안 계시니 이건! 허허! 홍역을 안 했다고!"

종이창 너머로 쏟아져 들어오는 아침 햇살에 페이쥔은 거슴
츠레 눈을 떴다. 하지만 곧바로 침대에서 일어날 수가 없었다.
온몸에 맥이 완전히 풀린데다 식은땀으로 등이 흠뻑 젖어 있었
다. 게다가 침대 앞에는 얼굴이 온통 피로 시뻘겋게 물든 여자
아이가 서 있는 게 아닌가. 그는 막 여자아이를 때리려던 참이
었다.

하지만 금세 눈앞의 광경이 사라져 버렸다. 아무도 없는 방에

자기 혼자 잠을 자고 있었다. 그는 잠옷을 벗어 가슴과 뒷등의 식은땀을 닦은 뒤 옷을 챙겨 입고 징푸가 있는 방으로 갔다. ‘백제성’ 이웃들이 마당에서 양치질을 하고 있는 모습이 눈에 들어왔다. 시간이 꽤 지난 것이 분명했다.

징푸도 잠에서 깬 듯 눈을 멀뚱멀뚱 뜨고 침대에 누워 있었다.

“좀 어때?”

그가 재빨리 물었다.

“좀 나은 것 같아.”

“약은 아직 안 왔어?”

“응.”

그는 침대를 마주 보고 책상 옆에 앉았다. 징푸의 얼굴을 보니 어제처럼 벌겋지는 않았다. 하지만 자기 머리가 어질어질한데다 꿈속 장면들이 순간순간 머리에 떠올랐다.

—징푸도 바로 저렇게 누워 있었는데. 그래, 죽어 있었어. 서둘러 시신을 입관한 다음 혼자 관을 등에 메고 대문을 지나 곧바로 안채로 들어섰다. 고향집인 것 같았다. 낯익은 사람들이 옆에서 이구동성으로 칭찬을 늘어놓고 있고…….

—그는 캉얼과 두 남매에게 학교에 가라고 말했다. 하지만 남은 두 아이도 울고불고 난리를 치며 따라가겠다고 나섰다. 아이들 울음소리에 정신을 차릴 수가 없었지만 한편으로 자신이 최고의 권위와 힘을 가지고 있다는 생각이 들었다. 자기 손이 평소보다 서너 배는 더 크게 느껴졌다. 마치 무쇠로 만들어진 것 같았다. 그는 허성(荷生)의 얼굴을 향해 세차게 따귀를 날렸

고…….

어찌나 소름이 끼친 꿈이던지 그는 자리에서 일어나 방 밖으로 나가고 싶었다. 하지만 움직일 수가 없었다. 생각하지 않으려고, 억누르려고 애를 썼지만 마치 물속을 뱅글뱅글 맴돌다 결국 수면 위로 떠오르는 거위털처럼 자꾸만 꿈 생각이 났다.

—허성이 피범벅이 된 얼굴로 울면서 들어왔다. 그는 그대로 신당(神堂)[5]으로 뛰어올라갔다.

그 뒤로 사람들이 따라 들어왔다. 낯익은 사람들 사이로 간혹 낯선 사람들도 눈에 띄었다. 모두 그를 비난하러 온 사람들이라는 것을 알 수 있었다…….

—“난 절대 양심에 어긋난 행동을 하지 않았어요. 아이가 아무렇게나 지껄이는 소리만 듣고 그래선…….”

자신의 목소리가 귓가에 울렸다

—허성이 그의 곁에 서자 그는 다시 손을 들어 올렸다…….

그는 갑자기 잠에서 깨어났다. 몹시 피곤했다. 등엔 아직도 땀이 배어 있는 것 같았다. 징푸는 조용히 맞은편에 누워 있었다. 숨이 가쁜 듯했지만 그래도 규칙적이었다. 책상 위의 자명종 소리가 유난히 더 크게 들렸다.

그는 몸을 돌려 책상 쪽을 바라보았다. 먼지가 한 꺼풀 덮여 있었다. 다시 얼굴을 돌려 종이창이랑 벽에 걸린 일력을 바라보았다. 까만 예서체로 ‘廿七(27)’이라고 적혀 있었다.

사환이 약을 가지고 들어왔다. 책도 한 보따리 들고 있었다.

---

5) 조상의 위패나 초상화를 모셔둔 곳. 신감(神龕)이라고도 하며 대개 안채 정면에 위치함.

"뭔데?"

징푸가 눈을 뜨고 물었다.

"약이야."

페이쥔이 몽롱한 정신을 가다듬고 대답했다.

"아니, 저 책들 말이야."

"신경 쓰지 말고 우선 약부터 먹어."

그는 징푸에게 약을 먹인 후 책을 훑어보며 말했다.

"쑤어스(素士)가 부쳐 온 거야. 《Sesame and Lilies(참깨와 백합)》[6]인데, 네가 쑤어스한테 빌려 달라고 한 책인 것 같아."

징푸가 손을 뻗어 책을 집더니 책등의 금색 활자만 한 번 쓰다듬은 후 베개 옆에 내려놓고 가만히 눈을 감았다. 잠시 후 그가 흐뭇한 목소리로 나지막하게 말했다.

"다 나은 후에 번역해서 문화서관에 보내면 돈을 좀 받을 수 있을 거야. 그쪽에서 받아 줄지는 잘 모르겠지만……."

그날 페이쥔은 평소보다 공익국에 늦게 출근했다. 거의 오후가 다 된 시간이었다. 사무실은 진이탕의 물담배 연기로 가득 차 있었다. 멀찌감치 있던 왕웨성이 그에게 다가왔다.

"어! 출근했네? 동생은 좀 어때? 별것 아닐 거야. 유행성 질병이야 해마다 있는 거잖나. 그렇게 걱정할 것 없네. 그렇지 않아도 자네가 왜 안 나오는지 이탕 형님이랑 걱정하고 있었지. 왔으니 됐어. 아이고, 그런데 얼굴이……. 그래, 어제랑 좀 다른 것

---

6) 영국의 평론가 J.러스킨(1819~1900)의 연설문집.

같군."

　페이췬 역시 사무실이나 동료들 모습이 어제와 좀 다르게 낯설게 느껴졌다. 모든 것이 너무도 익숙한 것들인데, 부러진 옷걸이랑 이 빠진 타구, 먼지가 쌓인 채 어지럽게 널려 있는 문서들, 다리가 잘려 나간 낡은 의자, 그 의자 위에 앉아 기침을 하면서도 물담배를 피우며 고개를 절레절레 한숨을 쉬는 친이탕…….

　"아직도 그것들은 안채에서 싸우나 싶더니 서로 밀치고 당기면서 대문까지……."

　"그러니까 말이죠."

　웨성이 말했다.

　"페이췬네 이야기를 해줘야 된다니까요? 좀 잘 보고 배우라고 말이에요. 정말 계속 이렇게 가다간 영감님이 화병 나서 돌아가시겠어요."

　"셋째가 그러는데 다섯째가 채권 사느라 까먹은 돈은 절대 공동 비용에서 빼 쓸 수 없다고. 그러니 당연히……."

　이탕은 허리를 굽히고 기침을 하기 시작했다.

　"정말이지 사람이라고 다 똑같은 게 아니야."

　웨성이 이렇게 말하며 얼굴을 돌려 페이췬을 바라보았다.

　"그럼, 아우는 괜찮은 거야?"

　"네. 의사가 그러는데 홍역이래요."

　"홍역이라고? 맞아, 요즘 아이들 사이에 홍역이 유행인가 보더라고. 우리 이웃에도 홍역에 걸린 아이가 셋이나 있어. 전혀 걱정할 것 없어. 그런데 자네, 어제 초조해하던 자네 모습에 정말 감동을 안 할 수가 없더군. 이거야말로 〈논어〉에서 말하는 '형제이이(兄弟怡怡)'[7]의 모습 그 자체가 아닌가?"

"어제 국장님 나오셨어요?"

"여전히 행방이 묘연하시지. 출근부에 그냥 표시해."

"당연히 따로 계산을 해야 한다고."

이탕이 혼자 중얼거렸다.

"그 채권이라는 게 정말 몹쓸 물건이더군. 도무지 뭐가 뭔지, 손댔다 하면 물먹기 일쑤니. 어젯밤에도 또 안채에서 시작된 몸싸움이 대문까지! 다섯째 말이 셋째네 아이가 둘이나 더 학교에 다니니 공동 비용을 더 많이 쓴다는 거야, 화가 머리끝까지 나서……"

"정말 갈수록 이해가 안 가는군요."

웨성이 정말 실망스럽다는 듯 말했다.

"그래서 자네 형제들을 보면 정말 납작 엎드려 절을 하고 싶을 정도로 대단하단 생각이 들어. 그럼! 이거 절대 자네 앞이라고 빈말하는 게 아니네."

페이췬은 아무 말 없이 문서를 들고 들어오는 사환을 보고 다가가 문서를 받았다. 웨성도 따라 나가 그의 손에 들린 문서를 소리 내어 읽었다.

"'공민 하오상산(郝上善) 등의 청원서 : 동쪽 교외에서 신원

---

7)《논어·자로(子路)》에 나오는 '兄弟怡怡 行則雁行, 형제는 서로 화합하여 길을 갈 때는 기러기 떼처럼 나란히 가고'라는 구절에서 따옴.

불명의 남자 시신 한 구 발견. 지국에서는 속히 위생과 공익을 생각하여 시신을 입관, 매장하도록 한다.'

　이건 내가 처리하지. 자넨 일찍 집에 가는 게 좋겠어. 분명히 아우가 걱정될 텐데, 자네들은 정말 '척령재원(鶺鴒在原)'[8]이란 말이 딱 어울리는 형제야."

　"괜찮아요."

　그가 문서를 놓지 않았다.

　"제가 할게요."

　웨성은 더 이상 나서지 않았다. 페이쥔은 그제야 마음이 놓인 듯 차분히 자기 책상으로 돌아가 공문을 바라보며 청록빛 녹슨 먹물통 뚜껑을 열었다. (1925년 11월 3일)

---

8) 《시경(詩經)·소아(小雅)·상체(常棣)》의 '할미새가 언덕에서 호들갑을 떨듯, 어려움이 있을 때는 형제가 돕는 법이라오.'에서 나온 말로, 우애 있는 형제를 가리킴.

꽃잎 진 벚나무 너머로 들려오는 이상한 휘파람

葉桜と魔笛

太宰治

다자이 오사무 지음 | 권일영 옮김

꽃잎이 지고 벚나무에 이렇게 새잎이 돋아날 무렵이면 늘 생각이 나죠. 나이 많은 부인이 말했다.

지금으로부터 35년 전, 아버지는 그때 아직 살아 계셨지만 어머니는 그 7년 전에 세상을 떠나 아버지와 나, 여동생, 이렇게 세 식구뿐이었어요. 저는 열여덟이고, 동생은 열여섯 살이었습니다. 그해에 아버지는 시마네 현(島根県)에 있는, 동해 쪽으로 자리 잡은 어느 성 아랫마을[1]의 중학교 교장으로 부임하게 되었죠. 마땅한 셋집을 구하지 못해 마을 변두리에 있는 산 가까이 외따로 떨어진 절 별채에 방 두 개를 얻어 살게 되었습니다. 거기서 마쓰에(松江)에 있는 중학교로 옮기실 때까지 내내 살았으니 6년을 산 셈입니다.

제가 결혼한 때가 마쓰에로 이사하고 스물네 살 되던 해 가을이니 그 시절치고는 무척 늦은 결혼이었어요. 어머니가 일찍 돌아가셨고, 아버지는 그야말로 완고한 학자 기질이라 세속적인 일들에는 너무 어두워 제가 없으면 살림살이를 꾸려 갈 수 없으리라는 걸 알고 있었기에 그 전에도 몇 차례 혼담이 들어왔지만 집안일은 나 몰라라 하고 시집갈 마음은 들지 않았던 겁니다.

---

1) 城下町, 봉건영주의 성곽을 중심으로 발달한 마을. 지금의 시마네 현 하마다 시(浜田市)를 상정하고 썼다고 한다.

하다못해 여동생이라도 튼튼했다면 저도 마음이 좀 편했을 테죠. 하지만 동생은 저하고 달라 아주 예쁘고 머리도 길고, 착하고 사랑스러운 아이였습니다. 몸이 허약해 아버지가 그 성 아랫마을로 부임한 지 이태 되던 해 봄에 동생은 열여덟 살 나이로 세상을 떠나고 말았습니다. 제가 스무 살 때였죠. 이맘때쯤이면 꼭 그 시절 일이 떠오릅니다.

동생은 그때 이미 더 살 가망성이 없었어요. 신장결핵이라는 몹쓸 병이었는데, 그걸 알게 되었을 때는 양쪽 신장이 이미 망가진 상태였죠. 의사는 백 일도 버티지 못할 거라고 아버지에게 확실하게 말했습니다. 도무지 손을 쓸 방법이 없다더군요. 한 달이 지나고 두 달이 지나, 이제 곧 백 일이 될 텐데 우리는 아무것도 못하고 바라보고만 있어야 했죠. 동생은 그런 것도 모르고 오히려 기운이 넘쳐, 종일 침대에 누워 있기는 했어도 밝은 표정으로 노래를 부르거나 우스갯소리를 하고 제게 어리광을 부리기도 했습니다. 이 아이가 이제 3, 40일 뒤면 죽는다고 생각하니 가슴이 미어지고 온몸을 바늘로 찌르듯 괴로워 미칠 것만 같았습니다. 3월, 4월, 5월. 그래요. 5월이었죠. 저는 그날을 잊을 수 없어요.

산과 들이 푸른 잎으로 뒤덮이고, 옷을 훌훌 벗어 버리고 싶을 정도로 따뜻했습니다. 신록이 눈부셔 눈이 따끔따끔 아플 정도였어요. 저는 이런저런 생각을 하며 허리춤에 손을 살짝 찔러 넣고 홀로 들길을 거닐고 있었습니다. 머릿속은 온통 괴로운 일들뿐이라 숨을 쉬기도 힘들어 몸서리를 치며 걷고 있었죠. 그때

쿠웅, 쿠웅 하고 봄의 대지 밑바닥으로부터 마치 십만억토[2]에서 울려오는 듯이 희미하게, 하지만 무서우리만치 묵직한, 지옥 밑바닥에서 커다란 북이라도 두드리는 듯한 무시무시한 소리가 계속해서 울려 퍼졌습니다. 무슨 소리인지, 왜 그런 소리가 나는지 알 수 없어 혹시 내가 정말로 미쳐 버린 게 아닐까 하는 생각이 들어 꼼짝도 못하고 풀밭에 철퍼덕 주저앉아 엉엉 울고 말았습니다.

나중에 알게 된 일이지만 그 무시무시하고 이상한 소리는 동해에서 전쟁을 치르는 군함의 대포 소리였습니다. 도고 제독[3]의 명령을 받아 러시아 발틱함대를 격침하기 위한 큰 전투가 한창이었던 거죠. 바로 그 무렵이었어요. 해군 기념일이 올해도 이제 슬슬 다가오는군요. 그 해안 마을에도 무시무시한 대포 소리가 들려와 마을 사람들도 죽을 맛이었을 테지만, 저는 그런 줄도 모르고 여동생 걱정으로 머릿속이 가득해 거의 넋이 나간 상태로 풀밭에서 고개도 들지 못하고 한동안 계속 울고 있었습니다. 해가 저물 무렵, 간신히 일어나 사색이 되어 멍한 표정으로 절로 돌아왔습니다.

"언니."

동생이 불렀습니다. 그 무렵 동생은 야위고 쇠약해져 기운이 없었죠. 스스로도 어렴풋이 오래 살지 못할 거라는 사실을 눈치챘는지, 전처럼 제게 생트집을 잡으며 억지를 부리는 일은 없어

---

2) 十萬億土. 사바세계와 극락 사이에 있다는, 십만 억이나 되는 불국토.
3) 도고 헤이하치로(東鄕平八郎, 1848~1934)

졌어요. 그게 제게는 더 가슴 아픈 일이었습니다.

"언니, 이 편지 언제 온 거지?"

가슴이 뜨끔했습니다. 얼굴에 핏기가 가시는 게 스스로도 느껴졌습니다.

"언제 왔어?"

동생은 아무것도 모르는 눈치였습니다. 저는 마음을 가다듬고 대답했죠.

"좀 전에. 너 자고 있을 때. 넌 웃으면서 자고 있더라. 그래서 내가 네 머리맡에 살며시 놓아두었지. 몰랐니?"

"응, 몰랐네."

동생은 땅거미 지는 어둑어둑한 방 안에서 밝고 아름답게 웃으며 말을 이었습니다.

"언니, 나 이 편지 읽었는데, 이상해. 난 모르는 사람이야."

모를 리가 있나. 저는 그 편지를 보낸 사람으로 되어 있는 M·T라는 남자를 알고 있었습니다. 분명히 알고 있었죠. 아, 만난 적은 없어요. 제가 그 대엿새 전에 동생 장롱을 정리하다가 서랍 안쪽에 녹색 리본에 단단히 묶여 있는 편지 한 묶음을 발견했습니다. 몹쓸 짓인 줄 알면서도 리본을 풀고 편지를 읽었죠.

대략 서른 통쯤 되는 편지는 모두 그 M·T라는 남자가 보냈더군요. 물론 편지 겉봉에 M·T의 이름은 없고 편지 내용에 적혀 있었죠. 겉봉에 적혀 있는, 보낸 사람 이름은 모두 여자였습니다. 그것도 모두 동생 친구들 이름이기 때문에 저나 아버지는 이런 식으로 남자와 편지를 주고받았을 줄은 꿈에도 몰랐던 거죠.

분명히 그 M·T란 남자는 무척 조심스러운 사람이라 동생에게 여러 친구들 이름을 알아내 계속 그 이름을 써서 편지를 보냈을 거라고 생각했어요. 어린 것들이 참 대담하다고 속으로 혀를 내두르면서도 그 엄격한 아버지에게 들키면 어쩌나 싶어 몸서리가 날 정도로 무서웠습니다. 하지만 한 통씩 날짜 순서대로 읽다 보니 왠지 저까지 즐겁고 신이 났죠. 때로는 너무 철이 없는 것 같아 혼자 킥킥 웃다 보니 나중에는 내게도 넓고 큰 세상이 펼쳐지는 기분이 들더군요.

그 무렵에는 저도 아직 갓 스물이라 처녀가 섣불리 입에 올릴 수 없는 고민도 여러 가지 있었죠. 서른 통 남짓한 그 편지를 마치 계곡에 물이 흘러가듯 쭉쭉 읽어 지난해 가을에 온 마지막 편지를 읽다가 저는 그만 벌떡 일어서고 말았습니다. 번개를 맞으면 그런 기분이 들지도 모르겠네요. 정말 화들짝 놀랐습니다. 동생이 한 연애는 마음만 오간 게 아니었어요. 더 추한 상태까지 진행되었더군요. 저는 그 편지를 한 통도 남김없이 태워 버렸습니다.

M·T는 그 성 아랫마을에 사는 가난한 시인이었던 모양입니다. 비겁하게도 동생이 병을 앓고 있다는 사실을 알자마자 그 애를 버린 겁니다. 이제 서로 잊읍시다, 하는 잔인한 소리를 편지에 뻔뻔스럽게 적었더군요. 그 뒤로는 편지를 한 통도 보내지 않은 모양이었으니 저만 입 다물고 평생 남에게 이야기하지 않으면 제 동생은 깨끗한 처녀인 채로 죽어갈 수 있을 거다, 아무도 모를 것이다, 라는 생각이 들었습니다. 괴로워서 가슴이 미

어질 것 같았습니다. 하지만 그런 사실을 알고 나니 동생이 더더욱 가엾고, 오만 가지 기괴한 공상까지 떠올랐죠. 가슴을 바늘로 콕콕 쑤시는 것 같기도 하고 유쾌하기도 하고 좀 슬프기도 한, 너무 안타까운 심정이었습니다. 그런 괴로움은 그럴 만한 나이의 여자가 아니면 이해할 수 없는 생지옥이죠. 저는 마치 제가 그런 괴로운 일을 당하게 된 것처럼 홀로 고민했습니다. 그 무렵엔 저도 정말 좀 이상했던 거죠.

"언니, 이거 읽어 봐. 난 무슨 소린지 전혀 모르겠는걸."

"내가 읽어도 돼?"

작은 목소리로 물으며 동생한테서 편지를 받아든 내 손가락은 당황스러울 정도로 떨리고 있었습니다. 편지를 펼쳐 볼 필요도 없이 저는 그 편지 내용을 이미 알고 있었죠. 하지만 시치미를 떼고 그걸 읽어야만 했어요. 편지에는 이런 내용이 적혀 있었습니다. 저는 편지를 건성으로 보면서 소리 내어 읽었습니다.

오늘 그대에게 사과의 말을 전합니다.

여태까지 아무 말도 없이 편지를 보내지 않았던 까닭은 모두 내가 자신이 없었기 때문입니다. 나는 가난하고 무능합니다. 그대 한 사람도 어떻게 해줄 수 없군요. 그저 말뿐입니다. 그 말에는 물론 눈곱만큼도 거짓이 없지만 기껏해야 말로 그대에 대한 사랑을 증명하는 것 이외에 무엇 하나 할 수 없는 무능한 나 자신이 싫었던 겁니다.

그대를 하루도, 아니, 꿈에도 잊은 적이 없습니다. 하지만 나는 그대에게 해줄 수 있는 게 아무것도 없습니다. 그것이 괴로워 나는 그대와 헤어지려고 했던 겁니다. 그대의 불행이 커질수록, 그리고 내 애정이 깊어질수록 점점 더 그대에게 다가가기 힘들어집니다. 이해가 되나요? 절대로 속이려는 게 아닙니다. 나는 그런 행동이 정의로운 책임감에서 비롯되었다고 생각했습니다. 하지만 그건 내 착각. 나는 분명히 잘못 생각했던 겁니다. 사과드립니다.

나는 그대에게 완벽한 인간으로 보이고 싶어 내 욕심만 부렸을 뿐입니다. 우리는 외롭고 무력하니, 달리 할 수 있는 것이 없으니, 말이라도 성심껏 하는 것이 참되고 겸손한 아름다운 삶이라고 이제는 믿습니다. 늘 자기가 할 수 있는 범위 안에서 최대한 노력해야 한다고 생각합니다. 아무리 작은 것이라도 괜찮겠죠. 민들레 꽃 한 송이를 선물하더라도 결코 부끄러워하지 않는 것이 용기 있고 남자다운 태도라고 믿습니다. 이제 도망치지 않겠습니다.

나는 그대를 사랑합니다. 매일매일 시를 적어 보내겠습니다. 그리고 매일 그대의 뜰 담장 밖에서 휘파람을 불어 드리겠습니다. 제가 휘파람을 좀 잘 붑니다. 지금 내가 할 수 있는 일은 이게 전부입니다. 웃지 말아 주세요. 아니, 웃으세요. 그리고 건강하셔야 합니다.

신이 분명히 어디선가 보고 있을 겁니다. 그걸 믿습니다. 신은 그대와 나를 사랑합니다. 우리는 분명히 행복한 결혼을 할 수 있을 겁니다.

기다리고 기다리니 올해도 꽃 피었네
복숭아 꽃 희다더니 그 꽃 붉기만 하더라

노력하고 있습니다. 모든 일이 잘 될 겁니다. 그럼 내일 다시.

M·T

"언니, 나 다 알아."

동생이 맑은 목소리로 중얼거렸습니다.

"고마워, 언니. 이거 언니가 쓴 거지?"

나는 너무 창피해 그 편지를 갈기갈기 찢고 내 머리카락도 마구 쥐어뜯고 싶었습니다. 안절부절못한다는 게 이런 심정을 가리키는 말이겠죠. 편지는 제가 썼습니다. 동생의 괴로움을 보다 못해 동생이 눈을 감을 때까지 제가 매일 M·T란 사람의 글씨를 흉내 내어 편지를 쓰고, 서툰 시를 끙끙거리며 짓고, 저녁 여섯 시면 담장 밖으로 나가 휘파람을 불려고 했던 거죠.

창피했습니다. 되도 않은 시까지 적어 넣어 너무 창피했습니다. 어쩔 줄 몰라 제대로 대꾸도 하지 못했습니다.

"언니, 그렇게 걱정하지 않아도 돼."

동생은 묘하리만치 침착하고 숭고할 정도로 아름답게 미소를 지었습니다.

"언니, 그 녹색 리본으로 묶어 둔 편지를 본 거지? 그건 거짓 편지야. 너무 쓸쓸해서 재작년 가을부터 내 손으로 그런 편지를 써서 다시 내가 받도록 우편함에 넣었어. 비웃지 말아 줘, 언니. 청춘이란 참으로 소중한 거야. 나는 병에 걸리고 나서 그걸 또렷하게 깨닫게 되었어. 혼자서 자기 자신에게 보내는 편지나 쓰고 있다니, 한심하지. 어리석은 짓이야. 난 정말 남자와 대담하게 어울려 보고 싶었어. 남자가 나를 꼭 껴안아 주면 좋겠다는 생각도 했지. 하지만 나는 여태 애인은커녕 외간 남자와 이야기도 제대로 나누어 본 적이 한 번도 없어. 언니도 마찬가지지? 언니, 우리가 잘못된 거야. 우린 너무 온순했어. 아아, 싫어. 이렇게 죽어야 한다니. 내 손이, 손가락이, 머리카락이, 모두 불쌍해. 죽어야 한다니, 싫어, 싫어. 이대로 죽어야 한다니.”

애처롭기도 하고 무섭기도 하고 기쁘면서 부끄럽기도 하여 가슴이 미어지는 듯해 어찌할 바를 몰라 동생의 야윈 뺨에 내 뺨을 꼭 대고 그저 눈물만 흘리며 동생을 살며시 껴안았습니다. 바로 그때였습니다. 아아, 들려왔습니다. 낮고 희미하게, 하지만 분명히 휘파람으로 부는 군함행진곡이었죠. 동생도 가만히 귀를 기울였습니다. 그때 시계를 보니 여섯 시였어요. 우리는 무어라 표현할 수 없는 공포 때문에 서로를 꼭 껴안은 채로 꼼짝도 않고, 이제 나뭇잎이 막 돋아나는 뜰에 선 벚나무 뒤에서 들려오는 이상한 휘파람 소리에 귀를 기울였습니다.

신은 있다. 분명히 있다. 저는 그렇게 믿었습니다. 그로부터 사흘째 되던 날, 동생은 세상을 떠났습니다. 의사는 고개를 갸웃거렸죠. 너무 편안하고 조용히 숨을 거두었기 때문일 겁니다. 하지만 저는 놀라지 않았습니다. 모두 신의 뜻이라고 믿었습니다.

이제는 나이가 들어 이런저런 물욕이 많아져 너무 부끄럽습니다. 신앙심도 옅어진 탓인지 그 휘파람도 어쩌면 아버지가 부신 게 아닐까 하는 공연한 의심이 들기도 해요. 학교에서 퇴근해 돌아오셨다가 옆방에서 우연히 우리 이야기를 엿듣고는 측

은한 마음에 엄격한 아버지로서는 상상도 할 수 없는 일생일대
의 연극을 한 게 아닐까 하는 생각이 들 때도 있기는 한데, 설마
그럴 리야 없겠죠? 아버지가 살아 계신다면 여쭤 볼 수도 있을
테지만 돌아가신 지 이럭저럭 15년이나 지났으니까요. 역시 신
이 내린 은총이었을 겁니다.

　저는 그렇게 믿고 마음 편히 살고 싶지만 아무래도 나이가 드
니 의심이 많아지고 신앙심은 약해져 못쓰겠어요.

할아버지 아르히프와 룐카

Дед Архип и Ленька

Maksim Gor'kii

고리키 지음 | 이재필 옮김

고리키 Maksim Gor'kii | 러시아의 작가(1868~1936). 사회주의 리얼리즘의 창시자로, 어린 시절의 비참한 체험을 바탕으로 노동자 계급에 대한 애정과 그들의 현실을 담은 작품을 발표하여 프롤레타리아 문학에 크게 공헌하였다. 작품에 희곡 〈밑바닥〉. 소설 〈유년 시대〉, 〈소시민들〉, 〈어머니〉 등이 있다.

†

　나룻배를 기다리던 두 사람은 강기슭의 높은 절벽이 만든 그늘에 누워 발아래로 흐르는 쿠반 강의 뿌옇고 빠른 물살을 말없이 바라보고 있었다. 론카는 선잠이 들었지만 할아버지 아르히프는 가슴이 죄어 오는 아픔 때문에 잠을 이룰 수가 없었다. 누더기 차림인데다가 온몸을 오그리고 있어서인지 짙은 갈색 땅바닥에 누워 있는 두 사람의 모습은 왠지 궁상맞은 두 개의 덩어리처럼 보였다. 하나가 좀 더 컸고 또 다른 하나는 좀 더 작았다. 피곤에 지치고 볕에 그을리고 게다가 먼지까지 뒤집어쓴 탓에 두 사람의 얼굴은 갈색 누더기와 똑같은 색이 되어 있었다.

　절벽과 강물 사이의 기슭을 따라 모래밭이 노란 띠처럼 뻗어 있었다. 그 위에 뼈만 앙상하게 남은 할아버지의 길쭉한 몸이 가로놓여 있었고, 그 옆에는 선잠이 든 론카가 꽈배기처럼 누워 있었다. 론카는 키가 작고 몸이 약했다. 누더기를 걸친 채 할아버지 옆에 누워 있는 모습이 마치 말라 쪼그라든 늙은 나무에서 부러져 나온 어린 나뭇가지 같았다.

　할아버지는 땅에 팔꿈치를 짚고 고개를 살짝 들어 올려 맞은편 강기슭을 바라보았다. 온통 햇빛으로 가득한 그곳에는 키 작은 버드나무들이 초라한 모습으로 드문드문 자라 있었고, 버드

---

1) 북캅카스에 있는 강. 캅카스 산맥에서 발원하여 아조프 해로 흘러 들어간다.

나무 가지들 사이로는 나룻배의 시커먼 뱃전이 모습을 드러내고 있었다. 어쩐지 황량하고 쓸쓸해 보였다. 좁고 긴 회색 길이 초원 깊숙한 곳으로 뻗어 있었지만 너무도 곧게 뻗어 있고 또 너무 메말라 있어서 보는 사람을 우울하게 만들 정도였다.

할아버지의 흐리멍덩하고 충혈된 두 눈이 빨갛게 부어오른 눈꺼풀에 덮여 불안한 듯 깜박거렸고, 주름살투성이인 얼굴에는 말할 수 없는 쓸쓸함이 진하게 묻어 있었다. 터져 나오는 기침을 참을 수 없었던 할아버지는 손자의 눈치를 살피면서 슬쩍슬쩍 손으로 입을 가리곤 했는데, 기침이 어찌나 심했던지 숨이 넘어갈 듯 몸을 들썩였고 두 눈에는 굵은 눈물방울까지 맺히고 있었다.

초원에서 들리는 소리라고는 할아버지의 기침 소리와 강물이 모래밭을 스칠 때 내는 나지막한 소리 밖에 없었다. 강 양쪽으로 펼쳐져 있는, 넓디넓은 갈색 초원은 뙤약볕에 타 바싹 말라 있었지만 저 멀리 지평선에서는 보일 듯 말 듯 밀밭의 황금빛 물결이 바람에 하늘거리고 있었다. 눈부시게 밝은 하늘이 그 위로 쏟아지고 있었고, 늘씬하게 뻗은 미루나무 세 그루도 황금빛 물결 위에서 자태를 뽐내고 있었다. 미루나무들이 커졌다 작아졌다 하고 또 하늘과 밀밭은 올라갔다 내려갔다 하며 어지럽게 흔들리고 있었다. 그런데 갑자기 이 모든 것들이 사라지고 말았다. 초원 위에 피어 오른 은빛 안개 너머로……

눈부시게 밝은 이 은빛 안개는 물결을 이루며 아주 먼 곳으로부터 흘러오기도 했는데, 그럴 때면 그 모습이 마치 하늘에서 쏟아져 내리는 강물처럼 맑고 평화로웠다.

이런 현상을 처음 보는 할아버지는 눈을 비비며 서글픈 생각을 하고 있었다. 이놈의 초원과 푹푹 찌는 더위가 다리에 남은 힘을 다 빼앗아 가더니 이제는 눈마저 보이지 않게 만든다고…….

할아버지는 오늘따라 유난히 몸이 좋지 않았다. 그래서인지 죽을 날이 멀지 않았다는 생각이 자꾸만 들었다. 어쩔 수 없는 일이라며 애써 무덤덤해지려고 했지만 그래도 이왕이면 고향 땅에 묻혔으면 하는 마음이었다. 게다가 손자 생각을 하면 도저히 마음이 놓이질 않았다……. 룐카는 어떻게 하나?

할아버지는 하루에도 몇 번씩 이런 생각을 떠올리곤 했다. 그리고 그럴 때마다 늘 마음 한 구석이 죄어 왔고, 너무도 괴롭고 답답한 나머지 당장 고향 땅 러시아로 돌아가고 싶은 마음이 들었다.

하지만 러시아까지는 갈 길이 너무도 멀다. 어차피 다 가기도 전에 어디선가 죽음을 맞이하게 될 것이 뻔하다. 하지만 이곳 쿠반에서는 동냥을 후하게 주지 않는가. 사람들이 까다롭고 또 비웃고 놀리기를 좋아하지만 그래도 늘 부족함 없이 살아가고 있는 것이다. 그런데 부자들은 거지를 좋아하지 않는다. 왜냐하면 부자들은…….

눈물을 글썽이며 손자를 바라보던 할아버지는 꺼칠한 손으로 손자의 머리를 쓰다듬어 주었다.

손자는 눈을 들어 할아버지를 쳐다보았다. 크고 깊으면서도 아이답지 않게 생각이 깊어 보이는 눈. 핏기 없이 가느다란 입술과 오뚝한 콧날. 손자의 얼굴은 심하게 얽어 있었고 또 많이 여위어 있었다.

"오고 있어요?"

손으로 햇살을 가리고 강 쪽을 바라보던 손자가 물었다.

"아니야, 아직. 그대로야. 왜 그냥 서 있는지 모르겠네."

아르히프는 손자의 머리를 어루만지며 천천히 이야기를 꺼냈다.

"넌 졸은 게야?"

론카는 뜻 모를 고갯짓을 하고는 모래밭 위에서 기지개를 켰다. 잠시 동안 두 사람은 아무 말도 하지 않았다.

"헤엄을 칠 줄만 알았어도 벌써 멱을 감았을 텐데."

물끄러미 강을 바라보던 론카가 입을 열었다.

"강물이 정말 빨리 흐르네! 우리 고향에는 저렇게 빨리 흐르는 강이 없는데. 그런데 왜 저렇게 급하게 달려가는 거야? 늦을까 봐 겁이라도 나는 것처럼……."

못마땅해진 론카는 고개를 돌려 버렸다.

"자, 이렇게 해 보자."

생각 끝에 할아버지가 말을 꺼냈다.

"둘 다 허리띠를 풀어서 두 개를 서로 잇는 거야. 그리고 내가 네 발을 띠로 묶어서 잡고 있는 동안 넌 물에 들어가서 멱을 감으면 되지 않겠나?"

"아이참!"

론카가 짜증을 내며 말했다.

"무슨 소리를 하는 거예요! 물살에 끌려가지 않을 자신 있어요? 우리 둘 다 물에 빠져 죽는단 말이에요!"

론카는 더 이상 얘기를 하고 싶지가 않았다. 그래서 할아버지 말에는 대꾸도 하지 않은 채 심각한 표정을 지으며 마른 진흙 덩이만 으스러뜨리고 있었다.

할아버지는 이상하다는 듯 론카를 쳐다보았다.

"이걸 보란 말이에요."

론카가 손에서 먼지를 털어 내면서 단조롭고 나지막한 목소리로 말했다.

"이 흙은 이제…… 내가 이렇게 손에 쥐고 비비면 가루가 되어 버리잖아요.……아주 작은 먼지 부스러기들만 남아서 겨우 눈에 보일 정도가 되었단 말이에요."

"그래서 뭐가 어떻게 되었다는 게냐?"

할아버지는 눈물이 맺힌 손자의 눈을 바라보면서 기침을 하기 시작했다.

"너 왜 그런 말을 하는 게냐?"

기침이 멎자 할아버지가 다시 물었다.

"할아버지와 함께 정말 수많은 도시들을 돌아다녔어요! 끔찍할 정도로 많이요! 게다가 가는 곳마다 사람들은 또 얼마나 많았냐고요!"

자기 자신이 무슨 생각을 하고 있는지도 모르는 론카는 다시 한 번 말없이 생각에 잠겼고 이따금씩 주위를 돌아볼 뿐이었다.

잠시 침묵을 지키던 할아버지가 손자에게 다가가 다정하게 말을 건넸다.

"아이고 똑똑한 것! 그래, 네 말이 맞다. 모든 것은 먼지에 불과해. 도시들도, 사람들도 그리고 너와 나도 모두가 다 먼지일 뿐이야. 아이고 이 녀석, 론카야! 공부를 시켰으면 넌 분명히 훌륭한 사람이 되었을 거야."

할아버지는 손자의 머리를 꼭 끌어안고 입을 맞추었다.

"잠깐만요, 할아버지."

뼈마디가 울퉁불퉁한 할아버지의 손을 뿌리치며 론카가 말했다.

"뭐라고 했어요? 먼지라고요? 도시들과 모든 것들이?"

"신이 다 그렇게 만들어 놓았단다. 모든 것은 흙에서 비롯되었고, 또 흙 자체는 먼지에 불과한 거야. 그리고 모든 것들이 흙 위에서 죽어 가지. 그런 거란다! 그러니까 사람은 부지런히 일하고 순종하면서 살아야 하는 거야. 나도 곧 저세상으로 떠날 텐데……."

갑자기 화제를 돌린 할아버지가 근심 가득한 얼굴로 말했다.

"내가 죽고 나면 넌 혼자서 어디로 갈 생각이냐?"

할아버지의 이런 말을 지겹도록 들어온 론카는 이제 죽음에 대한 이야기라면 몸서리가 쳐질 정도였다. 말없이 고개를 돌린 론카는 풀잎 하나를 꺾어 천천히 씹기 시작했다.

하지만 론카의 말은 할아버지의 아픈 곳을 건드리고 말았다.

"왜 말이 없어? 나 없이 어떻게 살 거냐고 묻고 있잖아?"

174

　손자에게로 몸을 숙이다가 다시 기침이 터져 나온 할아버지
가 조용히 물었다.
　"말했잖아요!"
　불만에 가득 찬 론카가 힐끔힐끔 할아버지를 쳐다보면서 툭
쏘아붙였다.
　론카가 이런 이야기를 싫어하는 데에는 또 다른 이유가 있었
다. 곧 죽을 거라는 둥 혼자서 어떻게 살 거냐는 둥 무슨 얘기만
나왔다 하면 그 얘기는 십중팔구 싸움으로 끝나 버렸기 때문이
다. 할아버지는 죽을 날이 멀지 않았다는 이야기를 한참 동안
늘어놓곤 했다. 처음에는 론카도 할아버지의 이야기에 귀를 기
울였다. 자신이 처하게 될 새로운 상황이 너무 두려워서 그만
울음을 터뜨리고 만 적도 있었다. 하지만 시간이 지날수록 론카
는 지쳐 갈 수밖에 없었다. 그러던 어느 날, 손자가 딴생각에 빠
져 자신의 이야기에 귀를 기울이지 않는다는 것을 알아차린 할
아버지가 자기를 싫어한다는 둥 자기 마음을 몰라준다는 둥 푸
념을 늘어놓기 시작했고 급기야 자기가 어서 죽어 버리기를 바
라고 있는 것 아니냐며 심하게 몰아세웠다.
　"너 뭐라고 했냐? 넌 아직 철이 없어서 사는 게 뭔지 잘 몰라.
세상을 얼마나 살아 봤어? 겨우 11년이야. 게다가 넌 몸도 약한
데다가 일도 할 수가 없어. 도대체 어디로 갈 거냔 말이다. 마음
씨 좋은 사람들이 널 도와줄 거라고 생각하니? 네가 돈이라도
가지고 있다면 도와주겠지. 농담이 아니야. 그리고 동냥을 얻으
러 다니는 일도 그래. 나 같은 늙은이나 되니까 그 짓을 하지 절

대 기분 좋은 일이 아니야. 아무한테나 굽실거려야 하고 또 아무한테나 거저 달라고 해야 한단 말이야. 그러면 사람들이 어떻게 할 것 같으냐? 뻔하지 뭐. 욕설을 퍼부으며 실컷 쥐어박고는 쫓아 버리고 말 거야. 아니, 거지를 인간 취급이나 해줄 것 같으냐? 절대 그렇지 않아! 10년이라는 세월을 세상 여기저기 다 돌아다니면서 지내봤기 때문에 아주 잘 알고 있어. 사람들은 빵 한 조각이 1000루블의 값어치를 갖는다고 생각하고 있고, 또 빵을 거저 주고 나면 곧바로 천국 문이 열리는 줄로 알고 있지. 사람들이 왜 동냥을 주려고 하는지 한번 생각해 보렴. 그건 모두 다 자신의 양심을 달래기 위한 것이지 그 밖의 다른 이유는 없어. 불쌍해서 주는 게 아니란 말이다. 너한테 빵 조각을 쥐어 주고 나면 자기 입에 들어가는 것도 더 이상 부끄러운 일이 아닌 게 되거든. 배부른 사람은 짐승과 다를 바가 없어. 굶주린 사람을 불쌍하게 여기지 않게 되고 그들과 서로 원수지간이 되어 버리는 거야. 그래서 서로를 동정할 수도 없고 또 이해할 수도 없는 거란다."

할아버지는 서글펐다. 그리고 화가 났다. 거무스름한 얼굴에 주름이 더 깊게 패이더니 축 늘어진 입술이 부르르 떨렸고 뿌옇던 눈마저 희번덕거렸다.

론카는 할아버지의 이런 모습이 마음에 들지 않았다. 그리고 무언가를 두려워하고 있었다.

"자, 이제 한번 물어보자. 넌 이 세상을 어떻게 살아갈 생각이냐? 넌 아직 어리고 약해 빠졌잖아. 그런데 세상은 아주 사나운 짐승과도 같아. 아마 널 한입에 집어삼켜 버리고 말 거야. 난 네가 그렇게 되는 걸 바라지 않아. 얘야, 난 널 정말 사랑한단다. 나한테는 너밖에 없고 또 너한테는 나밖에 없지 않니? 내가 어떻게 눈을 감을 수가 있겠냐? 안 돼. 죽을 수 없어. 그리고 네가 살아남기 위해서는…… 주여! 왜 이 불쌍한 것을 사랑하지 않으십니까? 전 더 이상 살아갈 힘이 없고 또 죽어서도 안 됩니다. 어린것을 돌보아야만 합니다. 7년을 길렀습니다, 내 이 늙은 손으로. 주여, 도와주소서!"

자리에 앉은 할아버지는 떨리는 다리 사이에 머리를 파묻은 채 흐느껴 울기 시작했다.

서둘러 먼 곳으로 흘러가던 강물이 늙은이의 울음소리를 잠재우기라도 하려는 듯 철썩거리며 강기슭에 부딪쳤고, 구름 한 점 없이 환하게 미소 짓고 있던 하늘은 찌는 듯한 무더위를 내뿜으며 뿌연 강 물결의 반항하는 듯한 소리를 가만히 듣고 있었다.

"도와주실 거예요, 할아버지. 울지 마세요."

무뚝뚝하게 말을 꺼낸 론카는 다시 할아버지 쪽으로 얼굴을 돌리며 이렇게 말했다.

"얘기했잖아요, 어디든 주막집 같은 데서 일할 거라고."

"널 막 때릴 텐데……."

할아버지는 눈물을 흘리며 신음 소리를 냈다.

"안 때릴지도 몰라요!"

론카가 소리를 질렀다,

"그리고 아무한테나 무릎을 꿇지는 않을 거예요!"

하지만 바로 그 순간, 론카는 무엇 때문인지 갑자기 말을 잇지 못했다. 그리고 잠시 후에 다시 작은 소리로 말했다.

"안 되면 수도원에라도 갈 거예요."

"수도원에 가면 참 좋을 텐데!"

기운을 차린 할아버지가 깊은 숨을 내쉬며 이렇게 말했지만, 곧바로 다시 숨이 넘어갈 듯 기침을 하면서 몸을 뒤틀기 시작했다.

바로 그때 삐걱거리는 수레바퀴 소리와 함께 누군가의 고함 소리가 두 사람의 머리 위로 울려 퍼졌다.

"나룻배다! 나룻배- 어-이!"

누군가의 힘찬 목청이 허공을 뒤흔들었고 할아버지와 론카는 배낭과 지팡이를 챙겨 들고 벌떡 자리에서 일어섰다.

삐그덕 삐그덕, 귀가 아플 정도로 날카로운 소리를 내면서 이른 짐마차가 모래밭으로 들어섰다. 마차 안에 타고 있던 카자크 남자가 막 고함을 지르려는 듯 고개를 뒤로 젖힌 채 숨을 가득 들이마시자, 그렇지 않아도 불룩하게 내밀고 있던 넓은 가슴이 더 불룩하게 튀어나왔다. 마치 검은 비단으로 테두리를 두른 듯한 시커먼 턱수염 위로는 하얀 이가 반짝반짝 빛나고 있었고, 아무렇게나 걸쳐 입은 윗도리와 단추가 끌러진 셔츠 사이로는 볕에 그을리고 털로 뒤덮인 속살이 드러나 보였다. 살이 오른 큰 얼룩말처럼 다부지고 큰 그의 몸과 두툼한 고무 타이어를 끼운 커다란 수레바퀴에서는 힘과 건강 그리고 넉넉함이 넘쳐흐르고 있었다.

"어이! 어이!"

할아버지와 손자는 모자를 벗고 인사를 했다.

"안녕하쇼!"

마차를 타고 온 사나이가 쩌렁쩌렁한 목소리로 인사를 했다. 이때 건너편 강기슭 쪽에서 시커멓고 볼품없는 나룻배 한 척이 천천히 풀숲을 헤치며 나오고 있었고, 그 모습을 잠시 바라본 사나이는 이번에는 두 거지에게로 눈길을 돌려 찬찬히 살펴보기 시작했다.

"러시아에서 온 거요?"

"그렇습니다요!"

아르히프가 허리를 굽히며 대답했다.

"아니, 당신들 사는 곳에는 먹을 것이 없단 말이오?"

짐마차에서 뛰어내린 사나이가 마구(馬具) 하나를 팽팽히 잡아당기면서 이렇게 말했다.

"오죽하면 바퀴벌레들까지 굶어 죽겠습니까?"

"하하하! 바퀴벌레까지 굶어 죽는다고? 그럼 뭐야, 부스러기 하나 남기지 않고 다 먹어 버렸다는 얘긴가? 먹기는 잘 먹는데 일하는 건 영 글러 먹었단 말이야. 그러니 일을 잘 해 봐. 그러면 굶는 일은 없을 테니."

"이 모든 것이 다 땅 때문입니다. 우리가 땅을 죄다 빨아먹었기 때문에 더 이상 먹을 것이 안 나오는 것 아니겠습니까?"

"땅 때문이라고 했나?"

사나이가 고개를 저었다.

"그게 아니지. 땅에서는 언제나 먹을 것이 나오게 되어 있어. 인간에게 땅이 주어진 이유도 바로 그 때문이거든. 그러니 땅 때문이 아니라 손 때문에 그렇다고 해야 하지 않을까? 손이 일을 잘 못하니까 땅이 말썽을 부리는 거고, 그래서 먹을 것도 나오지 않는 다고 말이야."

드디어 나룻배가 도착했다.

건장한 체격에 얼굴이 벌건 두 명의 카자크 인이 강기슭으로 배를 밀어 올렸다. 잠시 휘청하는가 싶더니 두 남자는 굵은 밧줄을 휙 던진 다음 서로를 쳐다보며 거친 숨을 내쉬기 시작했다.

"덥지요?"

말을 끌며 나룻배에 오르고 있던 카자크 남자가 모자에 손을 살짝 대고 씩 웃으며 말했다.

"덥다마다요!"

바지 주머니에 손을 푹 찔러 넣은 사공이 대답했다. 그는 짐마차 쪽으로 가서 마차 안을 들여다보고는 크게 한숨을 내쉬었다.

바닥에 앉아 있던 또 한 명의 사공은 장화를 벗느라 낑낑대고 있었고, 나룻배에 올라탄 할아버지와 룐카는 뱃전에 기대어 서서 잠시 카자크 인들을 바라보고 있었다.

"자, 출발합시다!"

마차 주인이 명령하듯 말했다.

"마실 것은 아무것도 안 가져가는 거요?"

마차를 둘러본 사공이 마차 주인에게 물었다. 간신히 장화를 벗은 또 한 명의 사공은 실눈을 뜬 채 장화 아가리 속을 뚫어져라 들여다보고 있었다.

"안 가져가는데, 왜 그러시오? 쿠반에서는 물이 귀하기라도 한 거요?"

"물이라! 난 물 얘기를 하는 게 아닌데."

"그럼 술 말인가? 술도 안 갖고 가는데."

"술을 왜 안 갖고 갑니까?"

의아해진 사공은 나룻배 바닥을 물끄러미 바라보며 생각에 잠기고 말았다.

"자, 자, 갑시다!"

마차 주인이 퉤퉤 하고 손바닥에 몇 번 침을 뱉으며 밧줄을 움켜잡자 사공이 그를 거들기 시작했다.

"그런데 할아범은 왜 안 거들고 가만히 있는 거요?"

장화를 붙잡고 씨름하던 사공이 아르히프에게 말을 걸었다.

"내가 뭘 어떻게 거들겠소."

할아버지가 고개를 저으며 애처로운 목소리로 말했다.

"내버려 둬요, 거들지 않아도 다 알아서 하니까."

자기가 한 말이 사실이라는 것을 보여 주기라도 하려는 듯 사공은 무릎을 꿇고 앉는가 싶더니 이내 나룻배 바닥에 드러누워 버리고 말았다.

동료 사공은 욕을 하면서 큰 소리로 발을 구르기 시작했다.

뱃전을 두드리는 강물에 떠밀려 나룻배가 천천히 앞으로 나아가고 있었다.

강물을 바라보고 있던 론카는 머리가 기분 좋게 어지러워지는 것을 느꼈고, 또 빠른 물살을 쳐다보느라 피로해진 두 눈은 졸음을 이기지 못한 채 금방이라도 붙어 버릴 것만 같았다. 할아버지의 낮고 굵은 목소리와 밧줄이 끽끽대는 소리 그리고 강 물결의 맑은 소리가 마치 자장가처럼 들려와서 론카는 당장이라도 바닥에 누워 나른한 몸을 달래고 싶었다. 그런데 바로 그 순간 갑자기 배가 심하게 흔들렸고, 론카는 그만 넘어지고 말았다.

놀라서 눈이 휘둥그레진 론카는 주위를 두리번거리기 시작했다. 그리고 강기슭 그루터기에 밧줄을 매고 있던 카자크 인들은 이 광경을 보고서 한바탕 웃음을 터뜨리고 말았다.

"뭐야, 졸았어? 약해 빠져 가지고. 어서 마차에 타, 마을까지 데려다 줄 테니. 거기 할아범도 타시오."

일부러 콧소리까지 내어 가며 고맙다는 말을 건넨 할아버지가 끙끙거리며 마차에 올라탔고, 할아버지의 뒤를 이어 론카도 마차에 뛰어올랐다. 하지만 두 사람은 마차를 타고 가는 내내 시커먼 먼지를 들이마셔야 했다. 그리고 먼지 때문에 기침이 터져 나온 할아버지는 숨이 막힐 것 같은 고통을 겪어야만 했다.

카자크 인이 천천히 노래를 부르기 시작했다. 하지만 그의 노랫소리가 어딘지 이상했다. 마치 실꾸리에서 실을 풀어내듯 소리를 풀어내는가 싶다가도 또 어느 순간 매듭을 만나게 되면 마치 실을 끊어 버리듯 소리를 멈춰 버리는 것이었다.

먼지가 소용돌이치며 날아올랐고, 수레바퀴는 구슬프게 삐걱거렸다. 기침을 멈추지 못하는 할아버지는 계속해서 몸을 들썩였고, 론카는 이제 곧 카자크 마을에 도착하게 되면 남의 집 창문 아래에 서서 '주 예수 그리스도에게'를 부르게 될 것이라는 생각에 빠져 있었다. 또 다시 카자크 마을 아이들이 론카에게 싸움을 걸어올 테고, 여자애들은 러시아에 대해 이것저것 물어보며 귀찮게 굴 것이 뻔하다. 그럴 때에는 할아버지를 보고 있는 것조차 불편하게만 느껴진다. 평소보다 더 자주 기침을 하고 또 등도 더 많이 구부려야 하기 때문에 아프고 불편할 텐데도 할아버지는 쉴 새 없이 훌쩍거리며 한 번도 일어난 적이 없는 일들에 대해서 너무나도 구슬픈 목소리로 이야기를 하는 것이다. 러시아 사람들이 길거리에서 죽어 가고 있다는 둥 모두가 굶주림으로 실성을 해서 청소할 사람이 아무도 없다는 둥……사실 이런 일은 어디에서도 일어난 적이 없다. 하지만 이런 거짓말이 꼭 필요한 이유가 있다. 바로 동냥을 조금이라도 더 얻기 위해서이다. 하지만 구걸해서 얻은 것을 대체 어디에 놔둔단 말인가? 고향에서는 1푸드[2]에 40코페이카[3]를 받고 팔 수 있고 또 경우에 따라서는 50코페이카까지도 받을 수가 있다. 그런데 여기서는 아무도 사는 사람이 없다. 결국 그 음식 덩어리들을, 가끔씩은 아주 맛있는 그 음식 덩어리들을 배낭에서 꺼내 그냥 초원에 내버려야 하는 것이다.

"돌아다녀 볼 거요?"

몸을 비틀며 괴로워하는 두 사람의 모습을 어깨 너머로 보고

---

2) 러시아 무게 단위로, 16.38킬로그램에 해당한다..
3) 러시아의 통화로, 1루블은 100코페이카이다.

있던 카자크 인이 물었다.

"그럼, 가야지!"

한숨을 내쉬며 할아버지가 대답했다.

"내가 사는 곳을 가르쳐 줄 테니 한번 일어나 봐요. 나중에 밤이 되면 우리 집으로 자러 오든가."

할아버지는 일어나려고 애를 써 보았다. 하지만 곧 쓰러지고 말았고 설상가상으로 쓰러지면서 마차 가장자리에 옆구리를 찧고 말았다. 할아버지는 가냘프고 힘없는 목소리로 신음을 하기 시작했다.

"나 참 노인네 하고는!"

할아버지의 모습을 안타깝게 여긴 카자크 인이 투덜거리며 말했다.

"어쨌거나 잠자리가 필요할 때가 있을 거요. 초르느이를 찾아요, 안드레이 초르느이. 그 사람이 바로 나니까. 자, 여기서 내려요. 그리고 잘 가시오!"

할아버지와 손자가 내린 곳은 미루나무들이 많이 자라 있는 곳이었다. 미루나무 가지들 너머로는 지붕과 울타리들이 보였고, 이쪽저쪽 어디를 둘러봐도 똑같은 미루나무들만이 하늘을 향해 쭉쭉 뻗어 있었다. 미루나무의 푸른 잎들이 온통 잿빛 먼지로 뒤덮여 있었고, 굵고 곧게 뻗은 줄기들의 껍질은 타는 듯한 더위를 이기지 못하고 그만 쩍쩍 갈라져 있었다.

두 사람 앞에는 나뭇가지로 얽어 만든 두 개의 울타리가 서 있었고, 그 사이로 좁은 골목길이 나 있었다. 할아버지와 손자는 하루 종일 걸어 다닌 사람들처럼 팔다리를 크게 흔들며 어슬렁어슬렁 골목길을 향해 걸어갔다.

"자, 료냐야, 어떻게 가는 게 좋을까? 같이 갈까 아니면 따로 떨어져서 갈까?"

할아버지는 손자의 대답은 들을 생각도 하지 않은 채 혼자서만 말을 하고 있었다.

"함께 가면 좋겠는데, 넌 구걸할 줄을 모르잖아."

"많이 얻어서 뭐하게요? 어차피 다 먹지도 못할 텐데……."

주위를 돌아보며 룐카가 침울하게 대답했다.

"많이 얻어서 뭐하냐고? 넌 참 이상한 아이로구나! 아니, 혹시라도 음식을 사겠다는 사람이 나타나면 어떻게 할래? 돈이 생기는 거야. 돈은 중요한 것이란다. 돈만 있으면 내가 세상을 떠난다 해도 넌 별일 없이 잘 지낼 수 있을 거야."

할아버지는 다정한 미소를 지으며 손자의 머리를 쓰다듬어 주었다.

"길을 떠나던 날부터 지금까지 내가 모은 돈이 얼마나 되는지 알아?"

"얼만데요?

룐카가 아무 관심도 없다는 듯 시큰둥하게 물었다.

"11루블 50코페이카야! 알겠어?"

하지만 11루블 50코페이카라는 액수도, 기뻐하는 할아버지의 말투도 룐카를 감동시키지는 못했다.

"아이고, 이놈아, 이 어린놈아!

할아버지가 한숨을 쉬었다.

"그러면 따로따로 갈래?"

"따로따로 가요."

"그래 알았다. 그럼 교회로 오너라."

"알았어요."

할아버지는 왼쪽으로 돌아서 골목길로 접어들었고, 론카는 길을 따라 곧장 앞으로 걸어가고 있었다. 그런데 한 열 걸음쯤 갔을 때였을까, 갑자기 바르르 떨며 외치는 소리가 들렸다.

"먹을 것을 주시는 고마운 분들이여!"

그것은 마치 음조가 맞지 않는 구슬리[4]를 제일 굵은 줄에서 제일 가는 줄까지 손바닥으로 죽 훑어 내리는 듯한 소리였다. 깜짝 놀란 론카는 더 빨리 걷기 시작했다. 할아버지가 구걸하는 소리를 듣고 있으면 왠지 모르게 우울해지고 기분이 나빠졌기 때문이다. 게다가 동냥을 거절당하기라도 하는 날에는 이제 곧 울고불고 난리를 칠 할아버지의 모습이 떠올라 덜컥 겁이 나기까지 했다.

할아버지의 떨리는 목소리, 가엾은 그 목소리가 카자크 마을의 무더운 공기 속에서 길을 잃고 헤매고 있었다. 주위는 마치 깊은 밤이라도 찾아온 듯 아주 고요했다. 론카는 울타리 쪽으로 다가갔다. 그리고 길 위로 가지를 늘어뜨리고 있는 벗나무 그늘에 자리를 잡고 앉았다. 어디선가 벌들이 윙윙거리는 소리가 들려왔다.

---

4) 두 손가락으로 튕기는 러시아 전통 현악기.

어깨에 메고 있던 배낭을 땅바닥에 내려놓은 론카는 배낭을 베개 삼아 베고는 그냥 자리에 드러누워 버렸다. 사실은 지나가는 사람들의 눈에 띄지 않으려고 일부러 무성하게 자란 잡초와 울타리 그늘에 자리를 잡았던 것이다. 론카는 잎사귀들 사이로 보이는 하늘을 잠시 바라보다가는 곧 깊은 잠에 빠져들고 말았다.

해가 저물기 시작하면서 공기도 서늘해졌다. 그런데 그 서늘한 공기 속에서 이상한 소리가 들렸고, 론카는 그 소리에 잠이 깨고 말았다. 그리 멀지 않은 곳에서 누군가가 흐느껴 울고 있었던 것이다. 어린아이의 울음소리처럼 쉴 새 없이 훌쩍거리던 울음소리가 가느다란 단조로 바뀌어 조금 조용해지는가 싶더니 이내 다시 크게 울려 퍼지기 시작했고, 이제는 론카 쪽으로 점점 더 가까이 다가오고 있었다. 론카는 고개를 들어 잡초들 너머 길 쪽으로 눈길을 돌렸다.

일곱 살 쯤 되어 보이는 여자아이가 길을 따라 걸어가고 있었다. 옷을 깨끗하게 차려입기는 했지만 얼마나 울었던지 얼굴은 퉁퉁 부어 있었고, 그것으로도 모자라 아직까지도 하얀 치맛자락으로 눈물을 닦아 내고 있었다. 맨발로 땅바닥을 질질 끌어 먼지를 일으키며 걷고 있는 소녀는 지금 자신이 어디로 가고 있는지, 무엇 때문에 가는지를 모르고 있는 것이 분명했다. 그녀의 크고 검은 두 눈, 상처받고 슬픔에 잠겨 있는 두 눈이 눈물로 촉촉하게 젖어 있었고, 이마와 뺨, 어깨를 타고 헝클어져 내린 밤색 머리채 사이로는 연분홍빛의 조그마한 두 귀가 장난치듯 고개를 내밀고 있었다.

그런데 눈물을 흘리며 울고 있는 소녀의 모습이 왠지 우스꽝스러워 보였다. 심술궂은 장난꾸러기임에 틀림없다!

"너 왜 우는 거야?"

옆을 지나쳐 가는 소녀에게 론카가 물었다.

깜짝 놀라 멈춰 선 소녀는 금방 울음을 그치긴 했지만 여전히 작은 소리로 흐느끼고 있었다. 그러고 나서 몇 초가 흘렀을까, 론카를 잠시 바라본 소녀는 입술을 바르르 떨면서 얼굴을 찡그렸고 큰 소리로 흐느껴 울면서 다시 걷기 시작했다.

몸속의 무언가가 꽉 죄어 오는 것을 느낀 론카는 갑자기 소녀를 따라걷기 시작했다.

"울지 마. 다 큰 애가 창피하게!"

소녀의 뒤를 따라가던 론카가 말을 걸었다. 그리고 소녀와 나란히 걷게 되었을 때 소녀의 얼굴을 들여다보면서 이렇게 되물었다.

"아니 왜 엉엉 울었어?"

"으-응!"

"소녀가 천천히 대답을 했다.

"만일 네가……."

말을 잇지 못한 소녀는 별안간 먼지투성이인 길바닥에 털썩 주저앉더니 손으로 얼굴을 감싼 채 정말이지 애처로운 소리를 내며 울기 시작했다.

"어휴!"

론카는 어이가 없다는 듯 손을 내저었다.

“누가 계집애 아니랄까 봐! 에잇, 정말!”

하지만 이제는 어쩔 수가 없었다. 소녀의 가느다란 손가락 사이로 흘러내리는 눈물을 가만히 바라보고 있던 론카마저도 슬픔에 잠겨 울고 싶어졌기 때문이었다. 론카는 소녀 쪽으로 몸을 숙인 다음 조심스럽게 손을 들어 올려 소녀의 머리를 만졌다. 하지만 자신의 대담한 행동에 깜짝 놀란 론카는 얼른 손을 치우고 말았다. 소녀는 계속 울고 있었고 또 아무 말도 하지 않았다.

“저기, 있잖아.”

잠시 침묵을 지키고 있던 론카가 다시 말을 걸었다. 지금 그녀에게는 도움이 절실히 필요하다는 것을 알아차렸기 때문이었다.

“왜 그러는데? 맞았어? 그런 거라면 이제 곧 괜찮아질 거야. 아니면 혹시 무슨 다른 일이라도 있었던 거니? 말해 봐! 응?”

손으로 얼굴을 감싼 채 서럽게 흐느껴 울던 소녀가 드디어 대답을 하기 시작했다.

“머리 수건을…… 잃어버렸어. 아버지가 장에 가서 사 오신…… 꽃이 그려진 하늘색 머리 수건인데 쓰고 다니다가 잃어버렸어.”

소녀는 다시 울음을 터뜨리고 말았다. 조금 전보다 더 커진 울음소리에는 “오-오-오” 하는 이상한 신음 소리까지 섞여 있었다.

소녀를 도울 방법이 없다는 것을 깨닫게 된 론카는 깊은 생각에 잠기며 어두워진 하늘을 바라보았다. 소녀가 너무 불쌍해서 견딜 수가 없었다.

"울지 마! 찾아보면 어디서 나올지도 몰라."

론카가 낮은 목소리로 속삭였다. 하지만 소녀가 자신의 말을 듣지 않는다는 것을 알아차린 론카는 소녀에게서 더 멀리 떨어질 수밖에 없었다. '머리 수건을 잃어버렸으니 아버지에게 단단히 혼이 날 텐데'라는 생각이 머리에서 떠나지 않았고 또 키가 크고 시커먼 카자크 인 아버지가 소녀를 때리는 모습과 눈물로 목이 멘 소녀가 고통과 두려움에 온몸을 떨면서 아버지 발밑에서 뒹구는 모습이 자꾸만 머리에 떠올랐다.

론카는 돌아서서 걷기 시작했다. 하지만 다섯 걸음도 채 못 가서 또다시 발걸음을 돌린 론카는 소녀의 맞은편에 멈춰 서서 무언가 다정하고 따뜻한 말을 생각해 내려고 했다.

"애, 이제 그만 울어! 집에 가서 사실대로 다 말씀드려. 잃어버렸다고."

안타까운 마음에 조용조용 얘기를 시작한 론카였지만 나중에 가서는 화가 나서 그만 큰 소리를 질러 버리고 말았다. 소녀가 일어나는 것을 보고 론카는 크게 기뻐했다.

"그래, 그래!"

기운이 난 론카가 미소를 지으며 말했다.

"이제 가 봐. 아니면 내가 같이 가서 다 말씀드릴까? 네 편을 들어줄 테니 걱정하지 마!"

론카는 우쭐대며 주위를 돌아봤다.

"괜찮아."

옷에 묻은 먼지를 천천히 털어 내며 소녀가 말했다.

“그래도 간다면?”

론카는 각오가 되어 있다는 듯 큰 소리로 말하고는 모자를 한 쪽으로 눌러썼다.

다리를 떡 벌리고 소녀 앞에 서 있는 론카. 그래서인지 그가 걸치고 있는 누더기 옷마저도 왠지 빳빳해지는 느낌이었다. 론카는 물러설 수 없다는 듯 지팡이로 땅을 두드리며 소녀를 뚫어지게 바라보았다. 그의 크고 슬픈 두 눈이 용기와 당당함으로 빛나고 있었다.

얼굴이 온통 눈물로 범벅이 된 소녀는 잠시 론카를 바라보더니 이내 다시 한숨을 내쉬면서 이렇게 말했다:

“괜찮아, 오지 마. 엄마가 거지들을 싫어해.”

소녀는 두 번 뒤를 돌아본 다음 론카에게서 멀어져 갔다.

이제 더 이상 재미가 없어진 론카는 할 테면 해 보라는 식의 당당한 자세에서 등이 구부정한 원래의 자세로 천천히 되돌아왔고 태도도 아주 온순해져 있었다. 소녀가 골목길 모퉁이를 돌아 막 사라지려고 하자 론카는 그때까지 손에 쥐고 있던 배낭을 등에 둘러메면서 소녀를 향해 이렇게 외쳤다.

“안녕!”

소녀는 론카를 한 번 더 돌아보고는 곧 사라져 버리고 말았다.

저녁이 다 되었는데도 날은 여전히 후텁지근했다. 금방이라도 소나기가 쏟아질 것만 같았다. 저녁 그늘에 덮인 미루나무들의 키는 더 커져 있었고, 석양이 비치는 나무 꼭대기는 빨갛게 타오르고 있었다. 미루나무 위의 어두워진 하늘도 어느덧 비단결처럼 부드러워져, 마치 땅으로 스르르 내려 깔리는 듯했다. 멀리서 사람들의 이야기 소리가 들렸고, 또 더 멀리 떨어진 곳에서는 노랫소리까지 들려왔다. 하지만 나지막하고 굵게 들려오는 그 소리들에도 숨 막히는 공기가 가득 배어 있기는 마찬가지였다.

론카는 더 우울해졌고 왠지 무서운 생각까지 들었다. 그리고 갑자기 할아버지 생각이 나서 주위를 한 번 돌아보고는 얼른 골목길을 빠져나갔다. 론카는 구걸하는 일이 싫었다. 그리고 오늘따라 생각하기도 싫었고 또 걷기도 싫었다. 하지만 가슴속 심장은 아주 빨리 뛰고 있었고, 소녀의 모습도 머리에서 사라지지 않고 있었다.

'지금쯤 어떻게 되었을까? 만약 그 아이가 부잣집 아이라면 매를 맞을 것이 분명하다. 부자들은 모두 구두쇠들이니까. 하지만 그 아이 집이 가난하다면 매를 맞지 않을 것이다. 가난한 집에서는 일을 시켜야 하기 때문에 아이들을 더 사랑하는 것이다.'

생각이 하나씩 떠올랐고 그 생각들을 그림자처럼 따라다니는, 견디기 힘든 쓸쓸함이 점점 더 강하게 론카를 사로잡고 있었다.

이제는 저녁의 그늘도 무덥고 답답하게만 느껴졌다. 길에서 마주친 카자크 인들도 론카에게는 신경도 쓰지 않은 채 그냥 지나가 버렸다. 이제 러시아에서 굴러 온 거지들에게는 어느 정도 익숙해져 있는 듯했다. 론카 역시 배불리 먹어 몸집이 커진 그들의 모습을 보는 둥 마는 둥 하면서 서둘러 교회로 향했다. 나무들 너머로 교회 십자가가 반짝이고 있었다.

사람들이 웅성거리는 소리가 들려왔고, 교회가 눈에 들어왔다. 하늘색 둥근 지붕 다섯 개를 머리에 이고 있는 넓고 나지막한 건물 주위에는 미루나무들이 심어져 있었고, 그 미루나무들 사이로 노을에 물든 십자가가 황금색으로 빛나고 있었다.

배낭의 무게를 이기지 못해 등이 구부정하게 휘어 버린 할아버지가 교회 입구 현관 계단을 향해 걸어오고 있었다. 손을 이마 위에 대고 이쪽저쪽 사방을 두리번거리고 있었다.

할아버지 뒤로 모자를 푹 눌러쓴 카자크 마을 사람이 뒤뚱거리며 따라오고 있었다.

"뭐야, 배낭이 텅 빈 거냐?"

할아버지는 교회 울타리 앞에서 기다리고 서 있던 손자에게 물었다.

"나는 엄청 많이 얻어 왔는데……."

"할아버지는 꽉 찬 아마포 자루를 낑낑대며 땅바닥에 내려놓았다.

"아이고, 이곳 사람들은 참 인심도 좋아! 야, 좋다! 아니 그런데 넌 왜 부루퉁해 있는 게야?"

"머리가 아파서요."

론카가 땅바닥에 털썩 주저앉으며 작은 소리로 말했다.

"그래? 지친 게로구나. 완전히 녹초가 되어 버렸어! 자, 그럼 하룻밤 묵으러 가야겠구나. 그 카자크 인 이름이 뭐라고 했지?"

"안드레이 초르느이라고 했어요."

"그러면 안드레이 초르느이가 어디 사는지 물어봐야겠다. 저기…… 한 사람 온다. 그래, 참 팔자 좋은 사람들이야. 늘 밀가루 빵을 배불리 먹으며 살고 있으니 말이야."

"안녕하세요, 친절한 양반!"

카자크 인이 다가와서 할아버지의 인사에 답을 했다.

"안녕들 하시오."

다리를 넓게 벌리고 선 카자크 인은 두 사람을 뚫어지게 바라보며 말없이 몸을 긁적였다.

론카가 호기심 어린 눈으로 카자크 인을 쳐다보았고, 할아버지 역시 무슨 일인지 궁금하다는 듯 계속 눈을 깜박거렸다. 하지만 카자크 인은 아무 말도 하지 않았다. 그는 혀를 반쯤 내밀어 혀끝으로 콧수염을 잡으려고 했다. 그리고 용케 콧수염을 입 안으로 빨아 당긴 다음 이로 잘근잘근 씹기 시작했다. 하지만 그것도 잠시, 다시 혀끝으로 콧수염을 밀어 낸 카자크 인이 드디어 침묵을 깨고 천천히 입을 열기 시작했다.

"자, 마을회관으로 갑시다!"

"아니, 거길 왜 간단 말이오?"

할아버지의 몸이 부르르 떨렸고, 론카의 몸속에서도 무언가가 바르르 떨리고 있었다.

"명령이니 같이 가야겠소. 자, 어서 갑시다!"

"도대체 왜 이러는 거요?"

결국 할아버지와 론카는 그 사람을 따라가게 되었다.

론카는 할아버지를 뚫어지게 바라보았다. 할아버지의 입술과 머리가 부르르 떨리는 것과 또 겁에 질려 사방을 두리번거리며 품 안 이곳저곳을 만지는 것을 보자 혹시 타만[5]에서 있었던 일이 다시 한 번 되풀이되는 것은 아닌가 하는 걱정이 들었다. 타만에서의 일을 떠올리자 론카는 덜컥 겁이 나기 시작했다. 그곳에서 할아버지는 남의 집 마당에 널려 있는 빨래를 훔치다가 사람들에게 붙잡히고 말았는데, 욕설과 조롱 심지어 매까지 얻어맞는 심한 곤욕을 치르다가 결국 카자크 마을에서 쫓겨나는 신세가 되고 말았다. 할아버지는 바닷가 모래사장에서 밤을 보내야만 했었다. 바다는 밤새도록 무섭게 으르렁거렸고 모래사장으로는 파도가 계속 밀려오고 있었다. 밤새 신음하던 할아버지는 결국 속삭이는 소리로 신에게 기도를 올렸다. 죄 많은 도둑을 용서해 달라고.

"론카야!"

옆구리를 찔린 론카가 깜짝 놀라 할아버지를 쳐다보았다. 침울한 표정의 얼굴이 계속 떨리고 있었는데 얼굴색은 완전히 잿빛이 되어 있었다.

담배 파이프를 입에 문 채 다섯 걸음쯤 앞서서 걷고 있던 카자크 인은 할아버지와 론카 쪽은 돌아볼 생각도 하지 않고 우엉 대가리만 지팡이로 쳐내고 있었다.

"자, 이거 받아라! 저쪽으로 던져 버려, 잡초들 사이로! 그리고 던진 곳을 잘 봐둬! 나중에 다시 찾을 수 있게."

들릴 듯 말 듯 작은 소리로 속삭이면서 손자 쪽으로 바싹 붙어 걷기 시작한 할아버지는 헝겊에 둘둘 말린 무언가를 손자 손

---

5) 아조프 해 북쪽에 있는 반도로, 러시아 크라스노다르 지방이 이곳에 위치해 있다.

에 쥐어 주었다.

온몸이 오싹해진 론카는 몸을 바르르 떨며 잡초가 우거진 울타리 쪽으로 바싹 다가갔다. 그러고는 카자크 인의 넓은 등판을 뚫어지게 쳐다보면서 손을 옆으로 쭉 뻗어 헝겊 뭉치를 휙 던져 버렸다.

그런데 바로 그때였다. 둘둘 말려 있던 헝겊 뭉치가 펼쳐지면서 꽃무늬가 그려진 하늘색 머리 수건이 론카의 눈에 들어왔다. 슬프게 울던 작은 소녀의 모습이 떠올랐다. 상상 속의 소녀는 마치 실제의 사람처럼 론카 앞에 나타나서 카자크 인과 할아버지 그리고 주위의 모든 것들을 가려 버리고 말았다. 소녀의 흐느껴 우는 소리가 귓전에 울려 퍼졌고, 소녀의 맑디맑은 눈물이 한 방울 두 방울 흘러내리기 시작했다.

할아버지의 뒤를 따라 마을회관에 도착한 론카는 마치 넋이 나간 사람처럼 제정신이 아니었다. 어디선가 둔탁하게 윙윙거리는 소리가 들렸지만 무슨 소리인지 알 수가 없었고 또 알고 싶지도 않았다. 그리고 할아버지의 자루에서 음식 덩어리들이 쏟아지는 모습도 마치 안개 사이로 보이는 것처럼 흐리멍덩하기만 했다. 탁자 위로 쏟아지는 덩어리들이 둔탁한 소리를 내는가 싶더니 이번에는 높은 모자를 쓴 여러 개의 머리들이 음식 덩어리들 위로 기울어졌다. 안개 속에서 천천히 흔들리던 머리와 모자들이 무서운 말로 위협을 하기 시작했고, 할아버지는 갈라진 목소리로 무언가를 중얼거렸다. 그리고 다음 순간, 두 명의 건장한 젊은이들이 나타났고 할아버지는 마치 풍차 돌아가

듯 젊은이들의 손에서 뱅글뱅글 돌기 시작했다.

"이것들 봐요, 생사람 잡지 말아요! 난 잘못한 게 없어요. 주님이 다 보고 계시잖소!"

할아버지의 목소리는 귀청을 찢을 듯 날카로웠다.

론카는 울음을 터뜨리며 바닥에 주저앉고 말았다. 그러자 론카에게도 사람들이 달라붙기 시작했다. 론카를 일으켜 세워 긴 의자에 앉힌 다음 그의 몸을 싸고 있던 누더기 옷 구석구석을 뒤지기 시작했다.

"다닐로브나가 거짓말을 한 거야, 빌어먹을 여편네!"

누군가의 벼락 치는 듯한 말소리가 론카의 귀를 때리는 것 같았다.

"혹시 어디다가 숨겨 놓은 건 아닐까?"

이번에는 또 다른 사람들이 더 큰 소리로 맞장구를 쳤다.

론카는 이 모든 소리들이 자신의 머리를 때리고 있다는 이상한 느낌에 사로잡히고 말았다. 결국 너무 무서워서 정신을 잃고 말았는데, 마치 시커먼 구덩이 속으로 한없이 빠져 들어가는 것만 같았다.

론카가 정신을 차렸을 때, 론카의 머리는 할아버지 무릎 위에 놓여 있었다. 눈을 뜨자 할아버지의 쭈글쭈글한 얼굴이 자신의 얼굴을 내려다보고 있었다. 흠칫 놀란 할아버지의 두 눈에서 뿌연 눈물방울이 뚝뚝 떨어져 론카의 이마를 적시고 있었다. 뺨을 타고 내리는 눈물방울이 너무 간지러웠다.

"정신이 좀 드니? 이제 이곳을 떠나야겠다. 그 괘씸한 놈들이 우리를 풀어 줬어. 어서 가자꾸나.”

론카는 자리에서 일어났다. 하지만 머릿속이 뭔가 무거운 것으로 가득 차서 당장이라도 머리가 굴러 떨어질 것만 같았다. 론카는 양손으로 머리를 붙잡고 이리저리 비틀거리며 신음 소리를 내기 시작했다.

“머리가 아프냐? 아이고 불쌍한 내 새끼! 그놈들이 우리를 이렇게 만들었어. 짐승 같은 놈들! 단검이 없어지고 또 여자아이가 머리 수건을 잃어버렸다지 뭐냐. 그래서 그놈들이 우리한테 달려든 거야. 아이고 하나님! 어째서 이런 벌을 내리십니까?”

할아버지의 날카로운 목소리가 론카의 마음을 할퀴고 지나갔고, 론카의 몸속에서는 무언가 날카로운 불꽃 같은 것이 타오르고 있었다. 이제 그는 할아버지에게서 더 멀리 떨어질 수밖에 없었다.

할아버지에게서 멀리 떨어진 론카는 주위를 잠시 돌아보았다. 두 사람은 카자크 마을을 빠져나오는 길목의 검은 미루나무 그늘에 앉아 있었다. 밤이 찾아온 하늘에는 달이 높이 떠 있었고, 은색 달빛으로 물든 초원은 왠지 낮보다 더 좁아지고 더 황량해진 것 같았다. 멀리 하늘과 맞닿은 곳에서 피어오른 먹구름이 유유히 초원 위를 달리며 달을 가리고 있었고, 땅 위에는 먹구름의 짙은 그림자가 드리워져 있었다. 그런데 땅 위에 바싹 엎드린 채 깊은 생각에라도 잠긴 듯 천천히 기어가던 그 그림자가 어느 순간 갑자기 사라져 버렸는데, 마치 타는 듯한 뙤약볕의 공격을 피해 땅속으로 숨어 버린 듯했다. 마을에서는 사람들

의 말소리가 들렸고, 여기저기 환하게 밝혀진 불빛들이 황금빛
으로 빛나는 별들과 윙크를 주고받고 있었다.

"가자, 애야! 어서 가야 해."

할아버지가 말했다.

"조금만 더 앉아 있다가 가요!"

론카가 작은 소리로 말했다.

론카는 초원을 좋아했다. 초원을 거닐며 멀리 푸른 하늘이 초
원의 넓은 가슴에 안기는 모습을 바라보는 것을 좋아했고, 또
좋은 사람들이 모여 사는 크고 훌륭한 도시를 상상하는 것을
좋아했다. 그런 도시에 사는 사람들은 빵을 구걸할 필요도 없
고…… 아니, 그런데…… 그의 눈앞에서 점점 더 넓게 펼쳐지던
초원 한쪽에서 눈에 익은 카자크 마을이 불쑥 나타나고 말았다.
그 마을은 건물도 사람들도 지금까지 자신이 보아 왔던 마을들
과 너무도 닮아 있었다. 론카는 화가 났다. 그리고 슬퍼졌다.

저 멀리 먹구름이 천천히 기어 나오는 쪽을 바라보고 있던 론
카는 깊은 생각에 잠겨 있었다. 그 먹구름은 마치 론카가 그렇
게도 보고 싶어 하는, 바로 그 상상 속의 도시에서 피어오르는,
아니 그 도시의 수천 개의 굴뚝에서 피어오르는 연기와도 같았
다. 하지만 할아버지의 마른기침 소리 때문에 론카의 상상은 여
기서 깨어지고 말았다.

론카는 눈물에 젖은 할아버지의 얼굴을 가만히 바라보았다.
할아버지는 걸신들린 듯 숨을 들이마시고 있었다.

할아버지의 얼굴에는 너덜너덜한 모자와 눈썹 그리고 턱수염

때문에 생긴 이상한 그림자들이 어른거리고 있었고, 입술은 경련을 일으키듯 자꾸만 떨리고 있었다. 크게 뜬 두 눈은 그동안 마음속에 몰래 감춰 두었던 기쁨으로 빛나고 있었다. 이런 할아버지의 얼굴이 무섭기도 하고 또 불쌍하기도 했던 룐카는 그때까지 알지 못했던 새로운 감정을 느끼게 되었고 결국 할아버지에게서 더 멀리 떨어질 수밖에 없었다.

"조금만 더 앉아 있어요, 조금만!"

룐카는 바보처럼 히죽히죽 웃으며 이렇게 중얼거렸다.

룐카는 다시 먼 곳을 바라보기 시작했다.

"룐카야, 이것 좀 봐라!"

갑자기 기쁨이 복받친 할아버지가 울먹이며 말했다. 할아버지가 손자에게 내민 것은 길쭉하고 반짝거리는 물건이었다.

"은을 입혔어! 봐 은이잖아! 오십은 쳐주겠다!"

할아버지의 손과 입술이 탐욕과 고통으로 떨리고 있었고, 얼굴은 온통 일그러져 있었다.

깜짝 놀란 룐카는 할아버지의 손을 힘껏 밀쳐 버렸다.

"얼른 숨겨요, 할아버지! 에이 참, 숨기라고요!"

룐카는 재빨리 주위를 돌아보며 애원하듯 속삭였다.

"아니, 바보같이 왜 이래? 무서운 게냐? 창문 안을 들여다봤는데 아, 글쎄 이게 걸려 있지 않겠냐. 그래서 요걸 낚아채 가지고는 얼른 옷자락 아래에⋯⋯⋯ 그리고 나중에 다시 풀숲에다가 감췄지. 마을 쪽에서 사람들이 다가오고 있었지만, 나는 일부러 모자를 떨어뜨린 척하면서 몸을 숙인 다음 이걸 집어 올렸지. 멍청한 놈들! 자, 봐라 수건도 하나 건졌다. 여기!"

할아버지는 떨리는 손으로 머리 수건을 꺼냈다. 그리고 그것을 론카 얼굴 앞에서 흔들어 보였다.

안개의 막이 갈기갈기 찢어지면서 이상한 광경이 론카의 눈 앞에 떠올랐다. 겁에 질린 두 사람이 사람들의 눈길을 피하며 허둥지둥 카자크 마을 거리를 빠져나가고 있다. 누구든 원한다면 두 사람을 때리고 침을 뱉고 욕을 할 수 있을 것이다. 주위의 모든 것들, 울타리들과 집들과 나무들이 마치 바람에 흔들리듯 이상한 안개에 싸여 흔들리고 있다. 그리고 누군가의 성난 목소리가 계속 귓전을 맴돌고 있다. 이 고통스러운 길은 끝이 어딘지 알 수가 없고……… 마을을 빠져나가는 길목은 빼곡히 들어찬 집들에 가려 보이지도 않는다. 이리저리 흔들리는 집들이 마치 두 사람을 짓뭉개 버리려는 듯 바싹 다가왔다가는 이내 창문에 묻은 거무스름한 얼룩으로 두 사람에게 웃음을 던지고는 다시 어디론가 사라져 버렸다. 그런데 어느 집 창문에서 갑자기 "도둑이야! 도둑! 도둑, 도둑!" 하는 소리가 들린다. 론카가 가만히 창문 쪽을 바라본다. 그리고 그 창문에서 소녀를 본다. 엉엉 울고 있던, 그래서 너무도 도와주고 싶었던 소녀를. 론카와 눈길이 마주친 소녀가 혀를 내밀며 약을 올렸다. 그녀의 파랗고 작은 눈이 날카롭고 매섭게 반짝이며 론카를 찌르고 있었다. 마치 바늘이 찌르는 것처럼.

이 장면은 소년의 의식 속에 생생히 떠올랐다가는 이내 사라지고 말았다. 론카는 독기 어린 미소를 할아버지에게 던졌다.

할아버지는 기침을 멈추지 못하면서도 무언가를 계속 중얼거리고 있었다. 기침을 했다가, 손을 흔들었다가, 고개를 흔들었다가 그리고 얼굴 주름살에 맺힌 땀방울들을 닦아 내기도 했다.

갈기갈기 찢어지고 육중해 보이는 털보 먹구름이 달을 가려 버렸다. 할아버지의 얼굴이 보이지 않았다. 하지만 룐카는 흐느껴 우는 소녀의 모습을 상상 속으로 불러내 할아버지 옆에 서게 했다. 그러고는 두 사람을 이리저리 재어 보았다. 늙고 병들고 목소리가 갈라지고 게다가 탐욕스럽기까지 한 할아버지가 누더기를 걸친 채 소녀 옆에 서 있다. 할아버지 때문에 마음의 상처를 입고 슬프게 울고 있는, 하지만 건강하고 생기발랄하고 아름다운 소녀. 어쩐지 소녀 옆에 서 있는 할아버지의 모습이 어울리지가 않았다. 할아버지는 옛날이야기에 나오는 카쉐이[6]처럼 흉악하고 비열한 사람 같았다. 어떻게 이럴 수가 있지? 왜 할아버지는 소녀의 마음을 아프게 했을까?

할아버지는 못마땅한 듯 투덜거렸다.

"100루블을 모을 수만 있다면…… 그러면 편히 눈을 감을 텐데."

"에잇!"

룐카의 몸속에서 갑자기 뭔가가 치밀어 올랐다.

"듣기 싫어요! 차라리 죽어 버리지 그래요. 죽지도 않고 도둑질이나 하고."

---

6) 러시아 동화와 민화에 자주 등장하는 부정적 인물로서 마법의 말을 타고 다니는 기사, 인색한 구두쇠, 요술쟁이 등 주로 주인공의 신부를 납치하는 나쁜 사람으로 묘사되고 있다.

떠나갈 듯 소리를 지른 룐카가 갑자기 온몸을 떨면서 벌떡 일어났다.

"이 늙은 도둑아! 어휴!"

룐카는 작고 삐쩍 마른 주먹을 꽉 쥐어 보였다. 그러고는 갑자기 꿀 먹은 벙어리가 된 할아버지의 코앞에 대고 주먹을 흔들어 보이더니 다시 땅바닥에 털썩 주저앉으며 혼잣말로 중얼거렸다.

"어린애 물건이나 훔치고…… 아이고, 훌륭하시네. 늙은이하고는…… 저 세상에 가면 벌 받을 거야!"

갑자기 초원 전체가 들썩거리더니 이내 눈부신 하늘색에 휩싸여 더 넓게 펼쳐지기 시작했다. 초원을 뒤덮고 있던 안개도 부르르 몸을 떨고는 곧바로 사라지고 말았다. 콰르릉 쿵쾅, 요란하게 울려 대는 천둥소리가 초원과 하늘을 뒤흔들어 놓았고, 달을 침몰시켜 버린 검은 먹구름 떼가 빠른 속도로 밀려오고 있었다.

날이 어두워졌지만 저 멀리 어딘가에서는 아직도 번개가 번쩍이고 있었다. 소리 없는 번개가 번쩍 하고 무섭게 치고 나면 잠시 후에 콰르릉 하는 소리가 울려 퍼졌고 그러고는 또 다시 정적이 찾아왔다. 끝도 없을 것 같은 정적이.

룐카가 성호를 그었고, 할아버지는 말없이 가만히 앉아 있었다. 마치 자신이 등을 기대고 앉아 있는 나무줄기와 한몸이 되어 딱 붙어 버린 듯했다.

"할아버지!"

룐카가 속삭였다. 다시 벼락이 내려칠 것을 생각하니 무서워서 견딜 수가 없었다.

"카자크 마을로 가요!"

하늘이 요동을 치면서 번쩍 하고 다시 한 번 파랗고 환한 빛으로 밝아지자 곧바로 강력한 금속성의 일격이 이어졌다. 마치 수천 장의 철판이 한꺼번에 와르르 쏟아지며 서로 부딪치는 소리 같았다.

"할아버지!"

론카가 고함을 질렀다.

하지만 천둥소리에 묻혀 버린 론카의 고함 소리는 마치 깨진 작은 종에서 나는 소리 같았다.

"왜 그래? 겁이 나는 게로구나."

할아버지가 갈라진 목소리로 말했다. 할아버지의 몸은 꼼짝도 하지 않았다.

굵은 빗방울이 떨어지기 시작했다. 사락거리는 소리가 마치 무언가를 예고해 주는 듯했다. 저 멀리서 들려오는 빗소리는 마치 바싹 마른 땅을 거대한 솔로 쓸어 내는 듯한 소리였지만 여기, 할아버지와 손자가 있는 곳에서는 아직 짧게 끊어지는 빗방울 소리가 울림도 없이 사라지고 있었다. 천둥소리가 점점 더 가깝게 들려왔고, 하늘은 더 자주 번쩍이기 시작했다.

"카자크 마을로는 가지 않을 테다! 나 같은 도둑놈, 나 같이 늙은 수캐는 그냥 여기서 빗물에 빠져 죽게 내버려 둬. 벼락을 맞아 죽도록 내버려 두란 말이다!"

숨을 헐떡거리며 할아버지가 말했다.

"안 간다! 혼자 가거라! 저기 카자크 마을이 있잖니. 가란 말이다! 나는 네가 여기 앉아 있는 걸 원치 않아. 가거라, 가! 어서 가!"

할아버지는 굵고 갈라진 목소리로 고함을 질렀다.

"할아버지! 미안해요."

할아버지 쪽으로 가까이 다가가면서 룐카가 애원을 했다.

"안 간다. 이제 동냥 같은 건 하지 않는다. 내가 널 7년 동안 키웠다! 모든 게 다 널 위해서였고, 너 하나만 바라보고 살았단 말이다. 내게 더 이상 뭐가 필요하겠니? 난 어차피 죽을 몸인데. 그런데 네가 날 도둑놈이라고 하다니. 아니, 도대체 무엇 때문에 도둑이 되었겠니? 널 위해서야. 모든 것이 널 위해서였어. 자 이거 받아라. 받아 둬. 자…… 앞으로 네가 살아갈 수 있도록 평생을 모아 온 거야. 그래 도둑질했다. 신이 다 내려다보고 있고, 신이 모든 걸 다 알고 있으니…… 내가 도둑질했다는 것도 알고 있으니 내게 벌을 내리실 게다. 도둑질한 나를, 이 늙은 수캐를…… 용서하지 않을 거야. 아니, 이미 벌을 받았어. 오, 하나님! 저를 벌하신 겁니까, 예? 벌하신 겁니까? 어린아이의 손으로 저를 죽이셨습니다! 맞습니다, 하나님! 맞아요! 당신은 공평하십니다, 아이고!"

찢어질 듯 높고 날카로운 할아버지의 목소리가 룐카를 두렵게 만들었다.

초원과 하늘을 뒤흔드는 천둥소리들이 마치 무언가 꼭 필요한 얘기를 대지에게 들려주려는 듯 서로 앞을 다투며 쉴 새 없이 울부짖었고, 번개들이 갈기갈기 찢어 놓은 하늘도 몸을 부르

르 떨고 있었다. 번쩍거리는 파란 불빛에 환하게 밝아졌다가는
이내 차갑고 무겁고 좁은 어둠 속으로 빠져들고 마는 초원은 이
상하게도 어둠 속에서 훨씬 더 좁아 보였다. 가끔은 아주 먼 곳
에서도 번개가 번쩍였는데, 그때마다 콰르릉거리는 소리가 아
득하게 들려왔다.

비가 쏟아지기 시작했다. 번쩍 하고 번개가 치고 나면 반갑게
눈짓하던 카자크 마을의 불빛들이 강철처럼 반짝이는 빗방울
들에 가려지고 말았다.

두려움과 추위 그리고 할아버지의 성난 울부짖음이 불러일으
킨 죄책감으로 론카의 심장은 멎어 버릴 것만 같았다. 흠뻑 젖
은 머리에서 흘러내리는 물방울 때문에 자꾸만 눈이 감기려고
했지만 론카는 눈을 부릅떴다. 그리고 요란한 소리 바다에 잠겨
버린 할아버지의 목소리에 귀를 기울였다.

할아버지는 몸을 움직이지 않고 가만히 앉아 있는 것 같았다.
왠지 할아버지를 이곳에 혼자 남겨 두고 어디론가 멀리 떠나야
만 할 것 같았다. 론카는 살그머니 할아버지에게로 다가가 보았
다. 그런데 팔꿈치가 할아버지 몸에 닿는 순간 론카는 소스라치
게 놀라고 말았다. 무언가 무서운 일이 일어날 것만 같았다.

하늘을 갈라놓은 번개가 두 사람을 환하게 비쳤다. 두 사람의
작은 몸이 나뭇가지들을 타고 흘러내리는 빗물에 흠뻑 젖은 채
오그라들어 있었다.

이제 기운이 다 빠지고 숨까지 헐떡이던 할아버지는 허공에
손짓을 해 가며 계속해서 무언가를 중얼거리고 있었다.

할아버지의 얼굴을 쳐다본 론카는 겁에 질려 그만 소리를 지르고 말았다. 파란 섬광에 비친 할아버지의 얼굴이 마치 죽은 사람의 얼굴 같았고 뱅글뱅글 돌아가는 두 눈은 꼭 실성한 사람의 눈 같았다.

"할아버지! 가요!"

론카는 할아버지 무릎에 머리를 묻으며 큰 소리로 외쳤다.

할아버지는 가느다란 두 팔로 론카를 껴안은 채 몸을 푹 숙이고 말았다. 그리고 울부짖기 시작했다. 덫에 걸린 늑대처럼.

할아버지의 울부짖는 소리를 견딜 수가 없었던 론카는 할아버지의 팔을 뿌리치고 나와 벌떡 일어섰다. 그러고는 눈을 부릅뜬 채 어딘가를 향해 쏜살같이 달려가기 시작했다. 번쩍이는 불빛에 눈이 부셔 넘어지고 일어서기를 반복하던 론카는 어둠 속으로 점점 더 깊이 빠져들어 가고 있었다. 번개의 파란 섬광이 어둠을 집어삼키기도 하고, 어둠이 다시 소년을 에워싸기도 했다. 두려움에 사로잡힌 소년은 거의 미쳐 가고 있었다.

비가 내리고 있었다. 그 소리가 너무도 차갑고 슬펐다. 이제 초원은 빗소리와 번개의 섬광 그리고 요란한 천둥소리 외에는 아무것도 없었던 것처럼 황량하기만 했다.

다음 날 아침이 되었다. 마을 울타리 밖으로 뛰어나갔던 아이들이 다시 마을로 돌아오면서 떠들썩한 소동이 일어났다. "어제 봤던 그 거지를 검은 미루나무 아래에서 다시 봤는데, 옆에 단검이 버려져 있는 것으로 봐서 아무래도 살해당한 것 같다."고 동네방네 떠들고 다닌 것이다.

하지만 마을 어른들이 직접 가서 확인해 보니 그 말은 사실이 아니었다. 노인은 아직 살아 있었다. 사람들이 다가오자 자리에 서 일어서 보려고 했지만 그럴 수가 없었고, 말도 제대로 할 수 가 없었다. 노인은 눈물을 글썽이며 무언가에 대해서 이 사람 저 사람에게 물어보았고 또 무언가를 계속 찾으려고 했지만 결 국 아무것도 찾지 못했고 또 아무 대답도 듣지 못했다.

저녁이 다 되어 갈 무렵에 할아버지는 숨을 거두고 말았다. 할 아버지를 공동묘지에 묻을 수 없다고 판단한 마을 사람들은 할 아버지가 발견된 자리, 바로 검은 미루나무 아래에 할아버지를 묻어 주었다. 그 이유는 첫째, 이방인이었고 둘째, 도둑이었고 셋째, 회개하지 않고 죽었기 때문이었다. 노인이 발견된 곳 근 처의 진흙탕 속에서는 단검과 머리 수건이 나왔다.

이삼 일 후에는 론카도 발견되었다.

카자크 마을에서 그리 멀지 않은 어느 골짜기 위에서 갑자기 까마귀 떼가 하늘을 맴돌기 시작했다. 무슨 일인지 알아보려고 마을 사람들이 그곳을 찾아갔을 때 소년은 이미 두 팔을 쭉 뻗 은 채로 엎드려 누워 있었다. 소년은 골짜기 바닥에 고여 있는 멀건 진흙탕 속에 누워 있었던 것이다.

론카는 아직 어린아이였다. 그래서 사람들은 론카를 공동묘 지에 묻어 주려고 했었다. 하지만 할아버지와 함께 있도록 해주 는 것이 좋겠다고 판단한 마을 사람들은 죽은 론카를 검은 미루 나무 아래에 묻어 주었다. 흙더미를 쌓고 그 위에 돌로 만든 볼 품없는 십자가를 세워 주었다.

줄르 삼촌

Mon oncle Jules

Guy de Maupassant

모파상 지음 | 정숙현 옮김

모파상 Guy de Maupassant | 프랑스의 소설가(1850~1893). 플로베르와 졸라에게 배우고 단편소설 〈비곗덩어리〉를 발표하여 명성을 얻은 대표적인 사실주의 작가이다. 장편소설 《여자의 일생》은 프랑스 사실주의 문학이 낳은 걸작으로 평가된다.

M. 아쉴 베누빌에게

흰 수염이 성성한 가난한 노인이 우리에게 구걸을 했다. 그러자 내 친구인 조제프 다블랑슈는 이 노인에게 무려 500수[1]를 주는 것이었다. 내가 놀라자 그가 이렇게 말했다.

"저 불쌍한 노인을 보니 생각나는 얘기가 있어 그러네. 내 그얘기를 들려줌세. 그 얘기는 내 기억 속에서 잊히지 않은 채 끊임없이 나를 따라다니고 있다네. 한번 들어 보게."

르아브르 출신인 내 집안은 그리 부유하지는 않았다네. 그럭저럭 먹고 사는 집이었지. 아버지는 사무원이셨는데 늘 귀가가 늦으셨고, 벌이도 그다지 신통치 않았어. 내게는 누이가 둘 있었다네.

어머니는 빈궁한 생활에 많이 힘들어하셨고, 그래서 자주 아버지에게 귀에 거슬리는 말을 했으며, 거기에는 은연중에 몹시 해로운 비난도 꽤 있었다네. 그럴 때면 불쌍한 아버지는 있지도 않은 땀을 닦아 내려는 듯 손을 펴시고는 당신의 이마를 문지르곤 하셨는데, 이 몸짓을 보는 나도 마음이 무척 아팠다네. 그러고는 아무런 대꾸도 하지 않으셨지. 아버지가 느낀 그 무력한

---

1) 옛날 프랑스의 화폐. 1수는 5상팀으로, 20분의 1프랑.

고통은 나도 느낄 수 있는 것이었다네.

우리 가족은 모든 부분에서 절약을 했어. 우리가 답례를 할 수 없었기에 누군가의 저녁 초대에는 결코 응하지 않았고, 생필품은 늘 할인점에서 구매했으며, 가게에서 팔다 남은 물건들을 사곤 했지. 내 누이들은 제 옷은 직접 만들어 입었고, 1미터에 15상팀이나 하는 장식 줄의 가격에 대해 누이들은 한참 동안 실랑이를 벌이곤 했다네. 보통 우리가 먹는 식사는 고기 수프나 온갖 종류의 소스로 범벅을 한 고기였다네. 그런 식사는 건강에 좋고 원기를 북돋워 주는 것 같기는 했지. 나는 다른 음식도 먹어 보길 간절히 원했지만 말일세. 내가 옷의 단추 하나를 잃어버리거나 바지에 구멍이라도 내는 날이면 지독히 꾸중을 듣는 그런 장면이 내 앞에서 당장에 연출되곤 했지.

그런 가난한 삶 속에서도 일요일만 되면 우리 가족은 정장을 차려입고 방파제를 한 바퀴 돌아보기 위해 외출을 하곤 했다네. 프록코트를 입고 커다란 모자를 쓰고 장갑을 낀 아버지는 축제 중인 배처럼 깃발로 머리를 장식한 어머니에게 기꺼이 팔을 내밀어 주었어. 가장 먼저 외출 준비를 끝낸 누이들은 출발 신호를 기다리며 대기하고 있었고. 그런데 출발 직전에 언제나 아버지의 프록코트에 미처 없애지 못한 얼룩이 발견되곤 했던 거야. 그러면 서둘러 벤젠을 묻힌 헝겊으로 그 얼룩을 없애야만 했지. 머리에 여전히 커다란 모자를 쓰고 계신 아버지는 셔츠만 입으신 채로 얼룩을 제거하는 일이 어서 끝났으면 하며 기다리셨고, 어머니는 근시 안경을 다시 고쳐 쓰시고 더럽히지 않으려 장갑을 한쪽에다 벗어 놓으시고는 서둘러 손질을 하셨지.

그런 후, 우리는 거창하게 집을 나섰지. 누이들은 서로가 서로의 팔짱을 끼고 앞서서 걸어갔어. 누이들은 결혼할 나이였기 때문에 이런 외출은 거리에서 보는 일종의 선과도 같은 것이었다네. 나는 어머니의 왼편에서 걸었고, 어머니의 오른편에는 아버지가 서셨지. 나는 일요일마다 거행되었던 그 산책에서 가난한 내 부모님의 점잔 빼는 태도와 굳은 듯 딱딱한 표정, 그리고 그 근엄하던 걸음걸이 따위를 기억하고 있다네. 몹시도 중차대한 일이 마치 당신들의 자세에 달려 있기라도 한 것처럼 두 분은 몸을 꼿꼿이 세우시고는 다리를 뻣뻣하게 앞으로 내밀면서 무게 있게 발걸음을 떼 놓곤 하셨지. 그리고 일요일마다 미지의 머나먼 나라들에서 귀항하는 대형 선박들을 보면서 아버지는 언제나 똑같은 말씀을 하시곤 했지.

"자, 만약 쥘르가 저 배에 타고 있다면 정말이지 놀라운 일일 텐데 말이야!"

아버지의 형제인 쥘르 삼촌은 한때 우리 모두에게 공포의 대상이기도 했지만, 우리 집안의 유일한 희망이었어. 나는 어렸을 때부터 삼촌에 대한 얘기를 들어 와서 한눈에 그를 알아볼 수 있을 것 같았지. 그만큼 삼촌을 생각하는 일 자체가 내겐 익숙했던 것일세. 삼촌이 한창 방황했던 그 시기에 대해 어른들은 낮은 목소리로 이야기를 나누시곤 하시지만, 나는 삼촌이 미국으로 떠나기 전까지 보낸 그 삶에 대해 제법 세세하게 알고 있었다네.

삼촌은 품행이 나빴던 듯했네. 말하자면 돈을 낭비했던 거지. 이건 가난한 집안에서는 더할 수 없는 죄악에 해당하는 거라네. 부잣집에서 삶을 즐기려는 사람은 대개 ‘난봉을 피우게’ 마련이지. 그런 자를 사람들은 슬며시 웃으면서 ‘방탕아’라고 부르는 거거든. 그런데 가난한 집에서는 부모의 재산을 축내는 사내아이는 못된 아이가 되고, 부랑자가 되고, 건달이 되는 법이라네. 일어난 일이야 똑같겠지만, 결과만이 행위의 중요성을 결정짓기에 이런 구별은 어떤 면에서는 당연하다고 할 수 있지.

결국 쥘르 삼촌은 자기 몫의 유산을 마지막 한 푼까지 모조리 낭비하고 나서도, 아버지에게 할당될 것임에 분명한 유산마저도 현저하게 축내 버리고 말았다네. 그래서 당시에 흔히 그렇게 하듯 가족들은 르아브르에서 뉴욕까지 가는 상선에 삼촌을 태워 미국으로 보냈다네.

미국에 도착해서 쥘르 삼촌은 뭔지는 정확히 모르겠지만 장사꾼으로 자리를 잡았다고 하며, 자신이 돈을 조금 벌었다는 사실과 우리 아버지에게 자기가 입힌 손해를 배상할 수 있기를 바란다는 뜻밖의 편지를 보내오기도 했다네. 쥘르 삼촌의 편지는 우리 가족에게 깊은 감동을 불러일으켰네. 어른들이 흔히 그렇게 말하듯, 한 푼의 가치도 없던 쥘르 삼촌이 갑자기 정직한 남자, 너그러운 형제 그리고 다블랑슈 집안의 다른 사람들과 비교해도 처지지 않는, 진정한 다블랑슈의 일원이 된 것이라네. 게다가 어떤 상선의 선장은 그가 큰 상점을 전세 내어 매우 중요한 장사를 벌이고 있다고 우리에게 알려 주기까지 하였다네.

첫 번째 편지로부터 2년이 지난 후 쥘르 삼촌은 우리에게 두
번째 편지를 보내왔지.

친애하는 필립형, 저는 건강하니 제 걱정은 하지 마시라고 이
편지를 보냅니다. 사업도 잘 되고 있어요. 내일 남미로 긴 여행을
떠날 예정입니다. 그래서 아마 몇 년 동안은 소식을 전할 수 없을
지도 몰라요. 그러니 편지가 없더라도 너무 걱정하지는 마세요.
돈을 모으면 르아브르로 다시 돌아갈 겁니다. 그렇게 오래 걸리지
않을 거라고 생각해요. 제가 돌아가면 함께 행복하게 살아요…….

삼촌이 보내온 이 편지는 우리 가족의 성전(聖典)이 되었네.
걸핏하면 모두 모여 그 편지를 읽었고, 다른 사람들에게 보여
주기까지 했지.

편지에 썼던 대로 쥘르 삼촌은 10년 동안 우리에게 소식을 전
하지 않았네. 그렇지만 시간이 흐르면 흐를수록 아버지가 삼촌
에게 거는 희망은 점점 더 커져만 갔지. 게다가 어머니는 종종
이렇게 말씀하셨지.

"그 착한 쥘르가 돌아오기만 하면 우리 집 상황도 단박에 좋
아질 거다. 곤경에서 빠져나올 줄 아는 사람이거든!"

그래서 일요일마다 뱀 같은 연기를 하늘로 뿜어내는 검은색
대형 선박이 바다의 수평선 너머로 나타나는 걸 보면서 아버지
는 같은 말을 끝없이 반복했다네.

"자, 만약 쥘르가 저 배에 타고 있다면 이것 참 놀라운 일일 텐

데 말이야!”

이렇게 아버지의 말이 끝나면 우리는 손수건을 흔들면서 소리치는 삼촌의 모습을 곧 보리라는 기대까지 하는 것이었네.

“필립 형!”

우리는 삼촌의 귀향을 확신하면서 이후 수많은 계획들을 세웠다네. 삼촌의 돈으로 앵구빌 근처에 작은 별장을 구입하려고까지 했었지. 집을 구입하는 문제에 관해서 아버지가 이미 협상에 착수하지 않으셨다고 나는 단언할 수가 없네.

큰누이는 당시 스물여덟 살이었고, 작은누이는 스물여섯 살이었는데, 누이들 둘 다 아직 결혼하지 않았기에 모두에게 커다란 근심거리이기도 했지. 그러다가 작은누이에게 청혼한 사람이 나타났어. 회사원이었는데 부자는 아니었지만 그래도 믿을 만한 사람이었지. 어느 날 저녁, 작은누나의 구혼자에게 우리가 보여 준 쥘르 삼촌의 편지가 결국 그 젊은 사람의 망설임에 종지부를 찍게 하고 결혼을 결심하는 데 도움을 주었다고 나는 지금도 확신하고 있다네.

우리는 서둘러 그 사람을 우리 가족으로 받아들였고, 결혼식 후에는 가족 모두가 함께 제르세이로 짧은 여행을 가기로 결정했다네. 제르세이는 가난한 사람들에게는 이상적인 여행지였네. 그리 멀지도 않았고 말이야. 이 작은 섬은 영국령이었기 때문에 대형 여객선을 타고 바다를 건너야 했고, 이렇게 우리는 바로 외국 여행을 가게 된 셈이었지. 그렇게 두 시간만 배를 타고 나가면 프랑스 사람은 자기 나라에서 이웃 나라 사람들을 볼

216

수 있었고, 솔직하게 표현하는 사람들이 흔히 하는 말처럼 영국식 빌라로 뒤덮인 그 섬의 몹시도 한숨을 자아내는 풍습을 우리는 관찰할 수 있었던 거지.

제르세이로 향하는 이 여행은 우리의 관심을 사로잡았고, 여행 날은 우리가 기다리고 기다리는 유일한 날이 되었으며, 결국에는 우리가 보내는 모든 순간들의 꿈이 되었다네.

마침내 우리는 여행을 떠났네. 나는 그때를 마치 어제 벌어진 일처럼 지금도 생생하게 기억한다네. 그랑빌 부두에 정박한 기선은 출발 준비를 하고 있었지. 걱정이 많으신 아버지는 우리 짐 세 개를 배에 싣는 것을 일일이 지켜보고 계셨고, 덩달아 걱정이 되었는지 어머니는 아직 결혼하지 않은 누이의 팔을 부여잡고 있었어. 결혼하지 않은 누이는 다른 누이가 결혼을 한 이후로 한 가족에서 나온 새끼들 중에서 혼자 남은 병아리처럼 조금은 혼란스러워하는 듯 보였다네. 물론 우리 뒤에는 신혼부부가 따라오고 있었다네. 그들은 뒤쪽에서 따라오고 있었기 때문에 나는 자주 뒤돌아보아야만 했지.

드디어 배가 출발 기적을 울렸지. 우리는 승선해 있었고, 부두를 떠난 배는 초록색 대리석 탁자처럼 편편한 바다를 향해 나아갔다네. 여행을 거의 해 보지 않았던 사람들이 늘 그러하듯이 행복감과 만족감을 느끼며 우리는 차츰 멀어져 가는 해안을 넋을 놓고서 바라보고 있었네.

아버지는 프록코트 밑으로 배를 내밀고 있었는데, 그날 아침에도 예외 없이 프록코트의 얼룩을 죄다 세심하게 없애는 작업을 해야만 했지. 그 얼룩 제거 작업 때문에 외출하는 날이면 아버지 주위에서 벤젠 냄새가 풍겼기 때문에 나는 그 냄새로 일요일이 되었다는 사실을 상기하곤 했지.

그러다 갑자기 아버지는 두 명의 신사로부터 굴을 대접받고 있는 두 명의 우아한 부인들을 발견하게 되었다네. 누더기를 걸친 한 늙은 선원이 단칼에 굴 껍질을 까서 신사들에게 내밀면, 신사들은 그것을 받아들어 부인들에게 건네주었네. 두 부인은 손수건으로 굴 껍질을 잡고, 옷을 더럽히지 않으려고 입을 조금 내밀면서 품위 있는 태도를 유지한 채 굴을 먹었다네. 그러고 나서 그녀들은 재빨리 굴 즙을 들이마시고는 빈 껍질을 바다에 던졌다네.

아버지는 움직이는 배에서 굴을 먹는 그 고상한 행동이 아마도 마음에 드셨던가 봐. 아버지는 그것을 품위 있고 고급스러운, 말하자면 고상하면서도 훌륭한 취미라고 생각하셨고, 어머니와 누나들에게 다가와서는 이렇게 물어 오셨지.

"우리도 굴 좀 먹을까?"

어머니는 돈을 써야 했기에 좀 망설이는 듯했지만, 두 누이는 즉시 찬성을 했어. 그러자 어머니는 화가 조금 난 어조로 이렇게 말씀하셨지.

"배가 아프게 될까 봐서 겁이 나네요. 애들에게만 사 주도록 하세요. 너무 많이는 말고요, 혹시 탈이 날지도 모르니까."

그러시더니 나를 바라보면서 이렇게 덧붙이셨지.

"조제프는 먹을 필요 없어요. 사내애들은 하여간 너무 애지중

지하면 안 되니까요."

나는 이러한 차별이 부당하다고 생각하면서 어머니 곁에 그냥 남아 있었어. 어머니 곁에서 나는 두 딸과 사위를 데리고 누더기를 걸친 늙은 선원을 향해 으스대면서 걸어가고 있는 아버지를 내 눈으로 쫓았지.

굴을 먹던 두 부인이 방금 떠난 터라 아버지는 아무 거리낌 없이 굴 즙을 흘리지 않고 굴을 먹는 방법에 대해 누이들에게 가르쳐 주셨지. 심지어 시범을 보여 주고 싶어 하신 까닭에 아버지는 누이에게서 굴을 빼앗아 들었지. 그러나 우아한 그 부인들을 흉내 내려던 아버지는 곧 굴 즙을 죄다 프록코트 위에 쏟아 버리셨지 뭔가. 이 모습을 보시고는 어머니가 이렇게 중얼거리셨지.

"그냥 가만히 있었으면 좋았으련만."

그런데 갑자기 아버지가 좀 불안해하는 듯 보이는 거였어. 아버지는 몇 발자국 뒤로 물러서시더니 굴 껍질을 까는 사람 주위에 모여 있는 우리 가족을 오히려 뚫어지게 처다보시는 거였어. 그러시고는 갑자기 우리 쪽으로 걸어오셨네. 눈빛이 좀 이상하고, 심지어는 상당히 창백해지신 것처럼 보이기도 했지. 아버지는 낮은 목소리로 어머니께 이렇게 말씀하셨네.

"이상해. 굴 까는 저 사람이 쥘르와 비슷하게 생겼어."

이 말에 어리둥절해진 어머니가 물어보셨지.

"어떤 쥘르요?"

아버지가 다시 말씀하셨지.

"그야…… 내 동생 말이야……. 미국에서 잘 살고 있다는 사실을 몰랐더라면 저 사람이 쥘르라고 믿을 정도로 닮았어."

이 말에 몹시 놀란 어머니가 더듬거리셨지.

"당신 미쳐도 단단히 미쳤군요. 저 사람이 삼촌이 아니라는 걸 잘 알고 있으면서 왜 그렇게 어리석은 말을 하는 거예요?"

"클라리스, 그러지 말고 가서 한번 직접 봐봐. 당신 눈으로 저 사람이 쥘르가 아니라는 것을 확인해 주었으면 좋겠소."

아버지의 말이 끝나자 어머니는 일어서서 누이들 곁으로 가셨네. 이 말에 나도 갑판 위의 그 남자를 쳐다보았지. 그는 늙고 더럽고 얼굴은 온통 주름살투성이였으며, 자기가 하고 있는 일에서 다른 곳으로 눈길을 돌리지 않았어.

어머니가 우리 곁으로 다시 돌아오셨어. 나는 어머니가 몸을 떨고 계신 걸 알아챘지. 아주 빠른 말투로 어머니께서 이렇게 말씀하셨다네.

"저 사람, 삼촌인 것 같아요. 선장에게 가서 저 사람에 대해 직접 물어보지요. 저 말썽꾸러기가 또 다시 우리에게 달라붙지 않도록 각별히 조심해야 해요!"

그러자 아버지는 선장을 만나러 우리에게서 멀어져 갔고, 나도 자리에서 일어나 아버지를 따라갔어. 기이하게도 그런 상황에 나는 야릇한 흥분을 느꼈다네. 몸집이 크고 좀 말랐으며, 긴 구레나룻을 기른 선장은 인도의 우편선이라도 지휘하는 것처럼 거드름을 피우는 표정으로 배의 갑판 위를 거닐고 있었네.

아버지는 일단 예의를 차려 그에게 다가가서는 인사치레로 선장이 잘 알 만한 일에 관해 몇 가지 질문을 하셨지. 제르세이에서 볼 만한 중요한 것은 무엇인지, 그곳의 산물은 어떤 것이 있는지, 인구는 얼마나 되는지, 풍습은 어떠한지, 습관은 무엇인지, 토질은 어떤지 등등. 아버지의 이런 질문은 적어도 미합중국 정도는 되는 나라에 관련된 사항들이라고 생각이 들 지경이었다네. 이런저런 질문이 있은 후, 우리가 타고 있는 배인 '엑스프레스 호'에 대한 이야기가 시작되었지. 그리고 마침내 승무원과 관련된 부분에 이르자, 결국 아버지는 떨리는 목소리를 감추지 못하시며 이렇게 말씀하셨지.

"저기 굴 까는 노인이 무척 흥미롭더군요. 혹시 선장님께서 저 사람에 대해 자세히 알고 계십니까?"

아버지와 선장과의 대화가 결국 선장이 화를 내는 모습으로 끝마치게 된 것은 선장이 몹시 무뚝뚝한 목소리로 이렇게 대답했기 때문이라네.

"저 늙어 빠진 프랑스 부랑자는 제가 지난해 미국에서 만나서 본국으로 데려온 사람이오. 르아브르에 친척이 있는 것 같은데, 가족 곁으로는 돌아가고 싶어 하지 않더군요. 그들에게 갚아야 할 빚이 있다나요. 저 사람 이름이 쥘르…… 쥘르 다르망슈였나 다르방슈였나 그런 이름이었던 것 같군요. 미국에 있을 때 한때 부자였던 것 같은데, 이제는 보시다시피 저 지경이 되어 버린 거죠."

몹시 창백해진 아버지는 목이 메고, 눈에 핏기가 서서 겨우 겨우 말을 이어 갈 수 있었다네.

"아, 아, 그렇군요…… 그래요…… 뭐, 그리 놀랄 일도 아니지요……. 그건 그렇고, 정말 감사합니다, 선장님."

이렇게 말씀하시고는 아버지는 선장과 함께 있던 갑판을 벗어나려 하셨고, 선장은 이런 말을 남기고 황급히 멀어지는 아버지를 놀란 표정으로 쳐다보고 있었다네.

어머니 곁으로 돌아온 아버지가 너무나도 질린 표정을 하고 있었기 때문에 결국에는 어머니가 이렇게 말씀을 하실 수밖에 없었다네

"좀 앉으세요. 이러다가 사람들이 눈치채겠어요."

아버지는 뭐라고 중얼거리면서 의자에 털썩 주저앉으시더군.

"쥘르였어, 그래 바로 쥘르였어!"

그러고는 이렇게 물어보셨지.

"어떻게 하지?"

어머니는 확실하게 대답하셨네.

"아이들을 먼저 이리로 데려오세요. 조제프가 모든 것을 알고 있으니 애들을 데리러 가야 하는 건 물론 조제프이지요. 우리 사위가 아무것도 눈치채지 못하도록 특히 주의해야 해요."

아버지는 겁이 난 듯 보였어. 아버지가 이렇게 중얼거리셨지.

"이 무슨 날벼락이란 말인가!"

이런 아버지에게 갑자기 화가 난 어머니께서 이렇게 덧붙이셨네.

"그 도둑 같은 인간이 결국에는 아무것도 하지 못할 거라고 생각했었어요. 그리고 다시 한 번 더 우리의 짐이 될 거라고 전

항상 생각하고 있었다구요! 다블랑슈 집안의 사람들에게서 무엇을 기대할 수 있겠어요!"

어머니의 비난을 받게 될 때 늘 그러시듯이 아버지는 손으로 당신의 이마를 문지르셨네.

그러자 어머니가 덧붙이셨지.

"굴값을 치르게 어서 조제프에게 돈을 주세요. 저 비렁뱅이가 행여 우리를 알아보기라도 하면 어떻게 해요? 그렇게 되면 이 배에서 정말이지 재미있는 장면을 모두에게 보여 주게 될 거예요. 저 사람이 우리에게 다가오지 못하게 어서 다른 쪽 저 끝으로 갑시다."

이렇게 말씀하시면서 어머니가 일어서셨고, 100수를 내 손에 쥐어 주시고는 두 분이 나란히 다른 쪽으로 걸어가셨지.

몹시 놀란 누이들은 아버지를 기다리고 있었어. 나는 어머니가 뱃멀미로 약간 불편하시다고 누이들에게 말하고는 굴 까는 사람에게 물었네.

"얼마를 드려야 하지요?"

나는 그 사람을 삼촌이라고 부르고 싶었다네.

그 자가 대답했지.

"2프랑 50상팀이오."

나는 그에게 100수를 건넸고, 그가 거스름돈을 내게 주었네.

나는 그의 손을, 선원의 온통 주름지고 불쌍한 손을 쳐다보았고, 그의 얼굴을, 늙고 비참하였으며 슬픔에 짓눌린 그 얼굴을 바라보면서 이렇게 생각했다네.

'이 사람이 바로 우리 삼촌이다. 아버지의 형제, 바로 우리 삼촌이야!'

나는 그에게 팁으로 10수를 주었고, 그는 나에게 감사의 인사를 건넸지. 동냥이라도 하는 불쌍한 사람의 바로 그런 어조로 말일세.

"젊은이에게 신의 가호가 함께 하기를!"

나는 삼촌이 미국에서도 동냥질을 했을 것이라고 생각했다네.

내 후한 인심에 놀란 누이들이 나를 물끄러미 바라보고 있었네.

아버지에게 2프랑을 돌려드리자 놀란 어머니가 말씀하셨네.

"굴값이 3프랑이나 됐니? ……그럴 리가 없는데."

"팁으로 10수를 주었어요."

어머니가 펄쩍 뛰며 내 눈을 뚫어지게 쳐다보셨지.

"아주 정신없는 애로구나. 그 남자에게, 그 따위 비렁뱅이에게 10수나 주다니……!"

아버지가 사위를 가리키며 어머니를 쳐다보자 어머니는 결국 입을 다무셨네.

그러고는 우리는 서로 아무 말도 하지 않았네.

얼마 후, 우리 앞에 수평선 위로 보라색 그림자가 바다에서부터 솟아오르는 듯 보였네. 제르세이에 도착했던 거지.

부두가 점점 가까워지자 쥘르 삼촌을 한 번 더 보고 싶다는, 그에게 다가가서 그에게 위안이 될 정다운 말을 건네고 싶다는 강렬한 욕구가 내 마음속에서 일어났다네. 그렇지만 아무도 더

이상 굴을 먹지 않았기 때문에 그는 벌써 자리에서 떠나고 없었
지 뭔가. 아마도 그 불쌍한 남자는 자기가 머물고 있는 냄새 고
약한 화물칸 밑바닥으로 내려간 것이겠지. 삼촌을 다시 만나지
않으려고 우리는 생말로로 향하는 배를 타고 우리 집으로 돌아
왔다네. 돌아오는 내내 어머니는 걱정으로 가슴을 졸이셨지.

　나는 아버지의 형제, 내 삼촌을 다시는 보지 못했네. 이것이
바로, 내가 가끔씩 부랑자들에게 100수를 주는, 내가 자네에게
말할 수 있는 이유라네. (1883년 8월 7일)

가족, 변함없는 물음을 향한 여덟 개의 시선

　가족이란 무엇일까? 남편과 아내로 맺어진 경우를 제외하면, 내 의지와 상관없이 내 곁에 있게 된, 그러면서도 가장 밀접한 관계를 맺고 있는 사람들이 가족일 것이다. 좁은 우리에 든 동물처럼 서로 온기를 나누며 의지하지만 때로는 한 상자 안에 완충재 없이 빼곡하게 들어찬 과일처럼 어쩔 수 없이 부딪치며 상처를 주고받기도 하는 관계. 최후의 보루처럼 든든한가 하면 가장 치명적인 공격을 가하는 적이 되기도 하는 사람들. 그럼에도 불구하고 한번 혈연으로 맺어진 이상 어떻게든 벗어나기 어렵다는 점에서 '가족'이라는 소재는 마르지 않는 샘처럼 소설 속에서 다양하게 변주되어 왔다. 이 소설집에 실린 소설 또한 '가족'으로 엮인 여러 관계에서 파생되는 일들을 다루고 있다.

　오 헨리의 〈인생유전〉은 유일하게 선택한 가족 관계인 부부 사이의 갈등과 화해를 다룬 깔끔한 단편이다. 소달구지를 타고 치안판사의 사무실에 나타나 "지들은 …… 이혼하러 왔슈." 하고 말하는 산골의 부부. 이어서 남편과 아내는 각자 마음속에 쌓아 둔 불만을 터뜨린다. '닭이 먼저인가, 달걀이 먼저인가' 나 다름없는 불만. 이혼은 간단하게 성립된다. 이혼 수수료로 낸 5달러는 그 부부가 갖고 있는 돈 전부이다. 그런데 아내가 위자료 문제를 제기하면서 이야기는 반전하게 된다. 부부가 이혼하고 재결합하는 이틀간의 에피소드가 해학적으로 펼쳐지는 동안, 이혼 수수료로 낸 5달러는 위자료가 되었다가 결국 재결합 비용이 되어 버린다.

숄로호프의 단편 〈배냇점〉은 볼셰비키 혁명 이후의 내란기, 이념의 대립이 개인에게 빚은 비극을 그린 소설이다. 죽은 어머니와 실종된 아버지, 홀로 자라난 기병중대장 니콜카의 중대는 돈 강 언저리에서 '반혁명 도당'을 소탕하는 임무를 맡고 있다. 무력으로 대치한 두 집단 사이에서 죽어나는 건 언제나 그렇듯이 평민들이다. 반혁명 세력에게 곡식을 빼앗긴 물레방앗간 주인이 니콜카의 중대에 와서 밀고하는 바람에 다시 전투가 벌어진다. 니콜카는 카자크 출신의 노병의 칼에 쓰러지고, 니콜카의 복사뼈 위쪽에 있는 비둘기 알만 한 배냇점을 본 노병은 자신이 죽인 사람이 다름 아닌 자기 아들이라는 걸 깨닫는다. 백여 년 전 러시아 돈 강을 배경으로 한 이야기이지만, 지구상에 분쟁이 끊이지 않는 한 이와 같은 비극은 언제 어디에서든 재현될 것이다.

〈배냇점〉이 개인의 의지와 상관없이 역사에 휘말린 부자간의 비극을 그렸다면, 카프카의 〈아버지에게 드리는 편지〉는 아버지와 아들의 성격 차이가 빚어낸 골 깊은 갈등을 그려 낸다. 제목에서 알 수 있듯이 아버지에게 보내는 편지 형식을 띤 이 글은 카프카의 내밀한 고백이다. 부계, 즉 '진정한 카프카 정신'을 지닌 자수성가형 아버지는 "강하고, 건강하고, 식성도 좋고, 목소리에 힘이 넘치고, 말주변이 좋고, 자신감이 넘치고, 모든 면에서 탁월하고, 끈기가 있고, 침착하고, 인간에 대해 잘 알고, 아량을 베풀 줄” 아는 사람이다. 그에 비해 화자는 모계의 영향을 받아 “좀 더 은밀하고, 소심하고, 보통 사람들과는 엇나가는 방향으로 행동하고, 그러다 보면 늘 겉돌게 되”는 성격이다. “제가 선택하는 길에 대한 격려와 친절함과 열린 생각”을 필요로 했던 아들에게 “욕하기, 협박하기, 비꼬기, 기분 나쁘게 웃기 ― 그리고 좀 특이하게도― 신세 한탄”이라는 교육 수단을 사용하는 아버지. 물과 불처럼 대립하는 성격의 부자간에 벌어지는 갈등과 억압 그리고 상처가 편지라는 고백체를 통해 세밀하게 드러난다. 오래 가슴에 쌓았던 말을 글로 갈등을 털어놓았다는 것은, 지배하고 억압받는 수직적 부자 관계에서 동등한 인격을 지닌 사람 대 사람으로 만나고 싶다는 외침일 것이다. 가까운 사이일수록 서로의 고유성을 인정해 주어야 한다는 것, 가족의 소리 없는 외침에 귀 기울여야 한다는 걸 이 긴 편지가 넌지시 일깨워 준다.

〈내 어린것들에게〉는 엄마를 잃은 삼 남매에게 아버지가 조곤조곤 일러 주는 말이다. 그 당시로서는 불치병인 결핵으로 세상을 떠난 아내가 첫아이를 낳던 때부터 사망할 때까지의 세월을 회고하면서도 화자는 감정의 거리를 유지한다. 먹고 싶은 약을 뭐든 복용할 수 있을 만큼 여유가 있던 아내 이야기를 하던 화자는, 똑같은 병을 앓는데도 가난해서 약을 먹지 못한 채 하혈을 하면서도 직장에 나가야 했던 U씨를 떠올리며 당부한다. “너희는 어머니의 죽음을 떠올리며 U씨도 함께 기억해야만 한다. 그리고 그 무서운 격차를 메우기 위한 노력을 해야 한다.” 귀족 집안 출신이지만, 일본 근대사상의 중심지인 삿포로 농학교에 진학하면서 하층민의 어려운 삶에 눈뜬 작가 아리시마 다케오의 인도주의적 이상주의를 드러내는 대목이다.

루쉰은 중국 현대문학의 고전이나 다름없는 작품을 써 온 작가다. 그의 〈형제〉는 한 직장에 대조적인 형제 관계를 이룬 두 사람을 대비하며 겉으로 보이는 것 너머에 자리한 진실을 환기시킨다. 한쪽은 재산 문제로 형제들끼리 분쟁이 이어지고, 다른 한쪽은 우애 깊기로 소문난 형제간이다. 우애 깊은 형제의 동생이 아프면서 이야기가 시작된다. 형은 무리를 해 가며 좋은 의사의 왕진을 청하는 등 극진하게 대한다. 치료가 어려운 병인 성홍열이라고 예상한 형은 만약에 동생이 세상을 떠날 경우 감당해야 할 일들을 떠올리다가 ‘우애 있는 형제’의 한 사람인 자기의 마음 바닥에 깔린 진실을 대면하게 된다. 실제로, 루쉰과 동생 저우쭈어런은 중국 현대문학 초기에 각각 활발한 활동을 벌이며 베이징의 한집에서 살 만큼 의좋은 형제였다. 뒷날 그들은 형제간의 의를 끊는데, 그 이유는 아직 명확히 밝혀지지 않았다.

〈꽃잎 진 벚나무 너머로 들려오는 이상한 휘파람〉은 자매의 심리를 다룬 소설이다. 젊은 나이에 죽게 된 동생이 감춰 둔 편지를 본 언니는 동생에게 그동안 숨겨 놓았던 연인이 있음을 알게 된다. 그는 동생이 병을 앓게 되자 동생을 버린 것이다. 연인에게 배신당한 병약한 동생을 바라보는 언니의 마음은 착잡하다. 그런데 그 연인에게서 다시 편지가 온다. 당신을 사랑하나 자신이 없었다는 것, 날마다 담장 아래에서 휘파람을 불어 주겠노라는 편지. 언니가 읽어 준 편지를 들은 동생은 언니가 썼다는 걸 알아차린다. 그럴 수밖에. 젊은 나이에 죽게 된 동생은 청춘을 누리지도 못한 자신이 가엾어서 상상 속의 연인을 만들어 자기 자신에게 편지를 보냈으니. 겹벚꽃의 꽃잎처럼 겹겹이 쌓인 진실이 차곡차곡 밝혀지는데, 담장 너머에서 들려오는 휘파람 소리. 자매의 심리와 중첩되는 사건이 꽃향기처럼 아련한 여운을 남긴다.

〈할아버지 아르히프와 룐카〉는 고향인 러시아를 떠나 손자와 함께 동냥하며 떠도는 노인의 이야기다. 어린 손자를 험한 세상에 홀로 남겨 두고 먼저 세상을 떠날 노인의 불안을 손자는 짐작할 수 없다. 가난하게 살아오며 터득한 할아버지의 지혜를 이해하기에 손자는 너무 어리다. 어린 손자에겐 그보다 머리수건을 잃고 우는 소녀의 눈물이 더 닿아 오는 것이다. 어려서 순수하고 무자비한 손자는 도둑질한 할아버지를 경멸하고 모욕한다. 아끼던 손자의 공격은 노인에게 살아야 할 이유를 송두리째 빼앗는다.

모파상의 〈쥘르 삼촌〉 또한 인간성이 지닌 고유한 성정을 되돌아보게 한다. 가난한 일가족은 일요일만 되면 정장을 입고 방파제로 외출한다. 그리고 배를 바라보며 '쥘르 삼촌'을 떠올린다. 미국으로 떠나간 그는 이 집안의 유일한 희망이다. "돈을 모으면 르아브르로 다시 돌아갈 겁니다. 그렇게 오래 걸리지 않을 거라고 생각해요. 제가 돌아가면 함께 행복하게 살아요……" 쥘르 삼촌이 보낸 편지는 이 일가족에게 당첨이 약속된 복권이나 다름없다. 방파제에서 선박을 보면서 그 배가 쥘르를 싣고 오지 않을까 하고 꿈을 꾸는 그 순간, 그들은 잠시나마 현실을 잊는다. 그 집안의 딸이 결혼하고 온 식구가 함께 여행하는 날, 그들은 뱃전에서 굴을 까는 부랑자나 다름없는 선원이 쥘르 삼촌이라는 걸 알게 된다. 이제 쥘르 삼촌은 그들을 구제해 줄 구세주가 아니라 그들이 떠맡아야 할 짐이 되어 버린 것이다. 그들은 짐을 떠맡지 않으려 서둘러 자리를 피하지만, 화자에겐 그런 쥘르 삼촌의 몰락이 쉬 지워지지 않는다.

꿈과 현실에는 언제나 거리가 있다. 꿈을 꾸었다 이루는 경우도 있지만, 이루어지는 순간 그 꿈은 거기에 도달하기 전에 지녔던 광채를 잃게 마련이다. 남자와 여자가 만나 하나의 가족을 이룰 때, 거기엔 무지갯빛 희망이 아른거린다. 그러나 막상 살다 보면 무지개는 잡을 수 없게 멀어진다. 세상살이에 지쳤을 때 돌아가 쉴 수 있는 유일한 공간인 집, 그 집에는 대개 가족이 있다. 너무 가까워진 나머지 한 사람이 가진 인간성의 바닥까지 서로 훤히 들여다볼 수밖에 없는 가족. 그 바닥에서 우리가 만나는 건 무엇일까? 그 바닥의 무늬를 좀 더 아름답고 화평한 것으로 만들려면 어떻게 해야 하는 걸까? 여덟 편의 소설이 곰곰 생각하게 한다.

이혜경(소설가)

테마명작관 2

가족

초판 1쇄 발행 | 2011년 7월 1일

지은이 | 오 헨리, 숄로호프, 카프카, 아리시마 다케오, 루쉰, 다자이 오사무, 고리키, 모파상
옮긴이 | 김난령, 이항재, 국세라, 권일영, 유소영, 이재필, 정숙현
편집위원 | 이나미
발행인 | 김태진, 승영란
마케팅 | 함송이, 김미영
디자인 | Design co•KKIRI
출력 | 타임출력
인쇄 | 대일문화사
펴낸 곳 | 에디터
　　　　　서울특별시 마포구 공덕동 105-219 정화빌딩 3층
　　　　　전화) 02-753-2700, 2778
　　　　　팩스) 02-753-2779
출판등록 | 1991년 6월 18일 제313-1991-74호
값 11,000원

ISBN 978-89-92037-81-5　　04800
ISBN 978-89-92037-79-2 (세트)

본사의 서면 허락 없이는 어떠한 형태나 수단으로도 이 책의 내용을 이용하지 못합니다.

＊잘못된 책은 구입하신 곳에서 바꾸어 드립니다.